À qui la faute

DU MÊME AUTEUR

Dix âmes, pas plus

Éditions de La Martinière, 2022
Points, 2023

La Dame de Reykjavík

La Dernière Tempête
Éditions de La Martinière, 2021
Points, 2022

L'Île au secret
Éditions de La Martinière, 2020
Points, 2021

La Dame de Reykjavík
Éditions de La Martinière, 2019
Points, 2020

Les Enquêtes de Siglufjördur

Sigló
Éditions de La Martinière, 2020
Points, 2021

Vík
Éditions de La Martinière, 2019
Points, 2020

Nátt
Éditions de La Martinière, 2018
Points, 2019

Sótt
Éditions de La Martinière, 2018
Points, 2019

Mörk
Éditions de La Martinière, 2017
Points, 2018

Snjór
Éditions de La Martinière, 2016
Points, 2017

RAGNAR

JÓNASSON

À qui la faute

ROMAN

Traduit de l'islandais par Jean-Christophe Salaün

Éditions
de La Martinière

Titre original : *Úti*

Publié avec l'aimable autorisation
de la Copenhagen Literary Agency A/S, Cophenhague

ISBN : 979-1-0401-1063-7

Une marque de la société EDLM

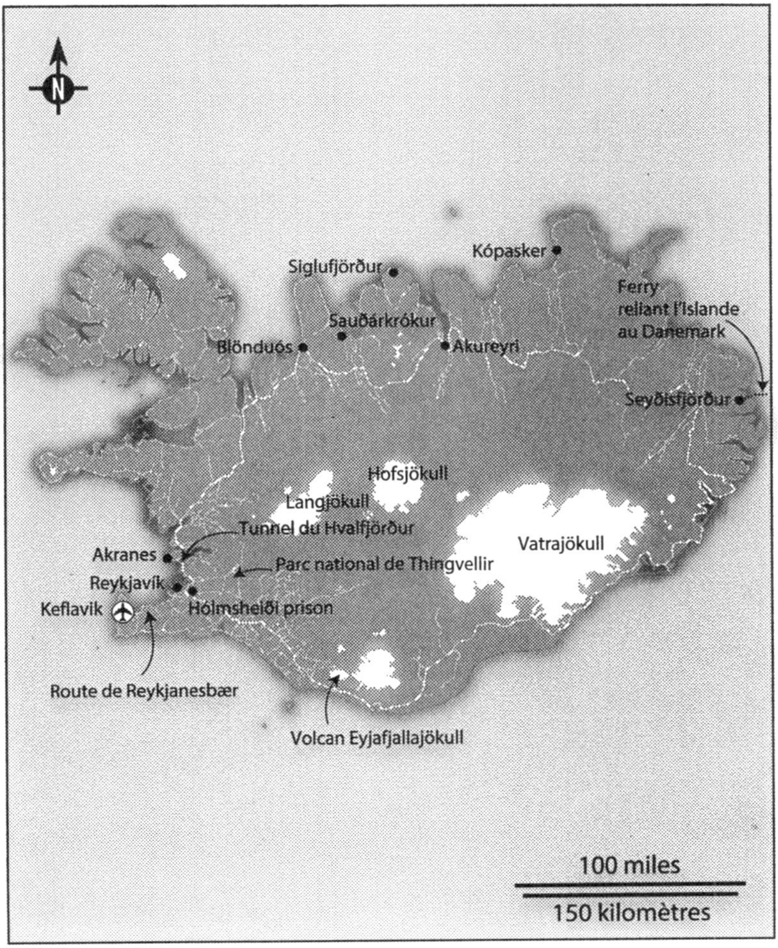
N
Kópasker
Siglufjörður
Ferry
reliant l'Islande
au Danemark
Sauðárkrókur
Blönduós
Akureyri
Seyðisfjörður
Hofsjökull
Langjökull
Tunnel du Hvalfjörður
Akranes
Vatrajökull
Parc national de Thingvellir
Reykjavík
Keflavik
Hólmsheiði prison
Route de Reykjanesbær
Volcan Eyjafjallajökull
100 miles
150 kilomètres

À Natalía

La neige
en son sein
m'enveloppe,
un instant
je suis sauf.
J'entends
un murmure tel un cri
– te voilà ?
J'ai si froid,
serre-moi fort.

Couvre
de ces flocons
si chaleureux
le vide
en moi,
mais une seconde…
… laisse-moi
vivre encore un peu –

Jamais il n'avait eu aussi froid.

Daníel avait beau être recouvert de plusieurs couches de laine sous son épaisse doudoune, rien n'y faisait : l'air glacial parvenait quand même à s'insinuer à travers ses vêtements.

Ses compagnons de voyage ressentaient-ils la même chose ? Il n'osait pas poser la question, de peur de paraître faible. La tête baissée, il avançait péniblement, secoué par le vent et les paquets de neige. Il ne discernait plus le paysage, ni même le sol sur lequel il progressait ; son monde s'était réduit à des tourbillons blancs traversés par de vagues silhouettes en mouvement.

Il avait perdu la notion du temps ; une éternité semblait s'être écoulée depuis que la tempête s'était levée, là où cela ne faisait probablement qu'une heure. Plus personne ne parlait. Concentrés, ils s'efforçaient de rester groupés et de ne pas perdre Ármann de vue. Celui-ci connaissait la région sur le bout des doigts, aussi ses amis devaient-ils le croire lorsqu'il affirmait qu'un vieux refuge se trouvait « pas trop loin ». Une déclaration à vrai dire peu rassurante.

Daníel avait grandi en Islande puis était parti vivre en Angleterre pour étudier l'art dramatique. Resté à Londres pour tenter sa chance en tant qu'acteur, il vivotait de petits rôles. Cela faisait un moment qu'avec ses amis de jeunesse, ils envisageaient de passer quelques jours ensemble au pays. Ármann s'était chargé d'organiser leur week-end de retrouvailles, prévu dans le Sud-Ouest, non loin de Reykjavík, dans un chalet confortable ; mais à la dernière minute, il leur avait proposé de partir de l'autre côté du pays, sur les hauts plateaux, pour chasser la perdrix des neiges. Lui-même pratiquait régulièrement la chasse en montagne et, à l'en croire, il n'y avait rien de tel pour cimenter des liens d'amitié. Trop occupé au moment où les messages lui étaient parvenus, Daníel n'avait pas protesté. Il n'avait pas de permis de chasse, mais Ármann avait promis de lui apprendre comment utiliser un fusil. « Personne ne nous verra, il est hors de question que tu ne tues pas quelques oiseaux ! »

Cependant, dès leur première incursion sur la lande, tout était allé de travers.

Daníel avançait avec difficulté. Il se sentait horriblement lourd. Heureusement, ils n'avaient pas pris toutes leurs affaires, juste des provisions pour la journée. Et bien sûr, leurs fusils, indispensables pour une partie de chasse. Quand la tempête avait commencé à s'intensifier, il avait proposé qu'ils abandonnent leurs armes quelque part pour s'alléger – ils pourraient les récupérer plus tard. Sa suggestion avait reçu un accueil pour le moins glacial.

Il essaya de se redonner du courage. Ce n'était pas le moment de baisser les bras. Ils avaient tacitement décidé d'accorder leur confiance à Ármann, qui saurait les mener à bon port.

Oui, le froid était plus mordant que jamais, mais avec un peu de chance il se sentirait vite mieux dès qu'ils auraient réussi à se mettre à l'abri. Il essaya de ne pas trop penser au fait qu'ils n'avaient pas leurs sacs de couchage et que, d'après ce qu'il avait compris, ce foutu refuge introuvable n'était pas équipé pour se chauffer – ni électricité, ni foyer d'aucune sorte. Au moins, là, ils seraient à l'intérieur.

Le froid était une chose, mais au fond, il craignait surtout qu'ils se perdent. Qu'Ármann ne possède pas un sens de l'orientation aussi affûté qu'il le prétendait et qu'il n'atteigne jamais ce refuge. L'inquiétude que Daníel ressentait céderait alors la place à une panique profonde. Jamais ils ne parviendraient à retrouver leur chemin jusqu'au chalet où ils s'étaient installés pour le week-end. Ils n'en auraient d'ailleurs pas l'énergie, et si la météo ne s'arrangeait pas, ils n'auraient bientôt plus d'autre option que de s'arrêter et d'attendre la fin de la tempête. D'un autre côté, sans tentes ni sacs de couchage, ils risquaient de finir gelés.

Daníel avançait complètement à l'aveugle. Il se rappelait les tempêtes de sa jeunesse, mais aucune ne lui semblait équivalente à celle-ci, et la vie en Angleterre, au climat plus doux, avait atténué le souvenir qu'il conservait du froid. Le blizzard qui le secouait était bien plus cruel que ce qu'il aurait cru possible. Et il n'arrivait pas à comprendre d'où venaient les ténèbres sans fond qu'il entrevoyait entre deux bourrasques de neige immaculée. Était-ce le crépuscule de novembre qui descendait déjà ? Ils n'étaient pourtant pas dehors depuis aussi longtemps.

Dernier de la file plus ou moins droite qu'ils formaient tous les quatre et terrifié à l'idée de perdre ses compagnons, il déployait des efforts colossaux pour les suivre. Ils connaissaient mieux que lui la vie au grand air et ses éventuels aléas, tout au moins Ármann et Helena, qui s'étaient préparés à ce voyage avec enthousiasme. Lui n'avait jamais chassé, et visiblement les dieux de la météo avaient décidé de ne pas lui en donner l'occasion – en tout cas, pas aujourd'hui. Il n'était même pas sûr d'avoir déjà goûté de la perdrix des neiges. Peut-être à une lointaine époque.

Juste devant lui, Helena s'immobilisa soudain, et Daníel se rendit compte, à travers le brouillard de flocons qui tournoyait autour d'eux, que tout le groupe s'était arrêté. Que se passait-il ?

Ármann cria quelque chose, mais Daníel n'entendait rien, rendu sourd par le bonnet et la capuche épaisse qui lui recouvraient la tête. Helena le regarda et dit quelques mots qu'il ne distingua pas. Il desserra le cordon de sa capuche et la retira.

– Quoi ? s'écria-t-il.

– Ármann dit que le vieux refuge est dans les environs, à deux pas d'ici. Il en est presque sûr.

Ce *presque* était le dernier mot que Daníel avait envie d'entendre, et pour la première fois, alors que ses oreilles à peine exposées le lançaient déjà durement, il songea qu'il mourrait peut-être de froid sur cette lande désolée. Le regard perdu dans le vague, comme hypnotisé par ces tourbillons incessants de neige, il pensa à sa petite amie à Londres, pour qui il était juste parti en vadrouille avec sa bande d'amis du lycée. À vrai dire, elle avait émis des réserves, lui demandant s'il ne valait pas mieux se lancer dans un tel périple l'été plutôt qu'en plein cœur de l'hiver. Ironiquement, elle semblait plus consciente que lui des dangers que présentait l'Islande.

Il finit par se reprendre. Il ne devait pas laisser le pessimisme le gagner. Il était bien accompagné, et ensemble, ils trouveraient une solution. Il lui fallait maintenir ces sombres pensées à distance. Elles ne menaient à rien de bon, il le savait d'amère expérience...

Il se tourna vers Helena. Un sourire encourageant aux lèvres, elle semblait attendre qu'il se remette en route.

– Tu es prêt ? lui lança-t-elle.

Il hocha la tête et remit sa capuche.

Ils repartirent. S'enfonçant dans la neige, Daníel remercia le Ciel d'avoir des chaussures solides.

Bientôt, malgré sa volonté de positiver, il ne put s'empêcher d'imaginer les pires scénarios. S'il arrivait quelque chose, si l'un d'entre eux se blessait, ils seraient complètement démunis. Dans leur groupe, personne n'avait la moindre connaissance en médecine.

Chacun avait suivi sa propre voie. Ingénieure, Helena travaillait pour une start-up qui faisait beaucoup parler – selon elle. Gunnlaugur était avocat et Ármann, guide. Enfin, il refusait d'employer ce terme depuis qu'il avait fondé sa propre agence de voyages, qui l'avait sans doute rendu plus riche que les trois autres réunis. Le flux de touristes vers l'Islande semblait ne jamais diminuer et, à en croire ses fanfaronnades, il tirait profit de chacun d'entre eux.

Daníel soupira. Il aimait beaucoup ses vieux amis, ce n'était pas le problème. Il était attaché à eux, malgré leurs défauts. Toutefois, depuis de nombreuses années, ils se retrouvaient toujours lors de soirées, pour célébrer quelque chose – un anniversaire, un mariage –, et en ces occasions, ils enchaînaient les verres. Avant de venir cette fois-ci, il s'était demandé s'il allait réussir à passer un week-end entier avec eux sans pouvoir toujours compter sur l'alcool pour apaiser les éventuelles tensions. À cet instant, perdu au milieu de ces étendues infinies de neige, il était parfaitement sobre. Fort heureusement, d'ailleurs. Mais il se rappelait que Helena avait glissé une bouteille de cognac dans son sac à dos. Ils auraient au moins de quoi se réchauffer et se calmer une fois le refuge atteint.

S'ils l'atteignaient…

Il crut distinguer une forme à quelques mètres.

Étaient-ils arrivés ? Voyant ses amis ralentir, il s'autorisa à l'espérer.

Oui, ils semblaient bien avoir trouvé une modeste cabane dans ce désert hostile.

Ármann avait tenu sa promesse.

Daníel reprit son souffle. Un vif soulagement s'empara de lui, comme si on venait de le sauver d'une mort certaine. De nouveau, il retira sa capuche pour mieux entendre.

Tous portaient des lampes frontales dont ils dirigeaient à présent les faisceaux vers la petite maison noyée dans les tourbillons de neige. Au premier regard, il sembla à Daníel qu'elle était peinte en rouge, comme les vieux refuges d'urgence de la région. Difficile d'être affirmatif en de telles circonstances. Quoi qu'il en soit, c'était un abri contre les éléments, c'était tout ce qui comptait.

Arrivé devant la porte, Gunnlaugur essaya de l'ouvrir, mais il mettait un temps fou et Daníel sentait la morsure du froid s'intensifier à chaque seconde qui passait.

– Elle résiste... Je n'y arrive pas, dit Gunnlaugur d'une voix désespérée.

Il ne semblait pas à sa place au cœur de cette nature tourmentée.

– Fais voir, dit Helena en le poussant. Elle est fermée à clé, ajouta-t-elle avec son sang-froid habituel, après avoir essayé à son tour.

– Fermée à clé ? Ce n'est pas censé être utilisé en cas d'urgence ? demanda Daníel.

– Certains refuges ont une serrure. Il doit y avoir une boîte à clés quelque part, répondit Ármann.

Il éclaira la façade et tomba rapidement sur ladite boîte.

– Tu as le code pour l'ouvrir ? fit Daníel.

Le cœur cognant contre sa poitrine sous les assauts du vent, il ne désirait rien plus que se mettre à l'abri.

– Non, je ne savais pas qu'on viendrait jusqu'ici. Laisse-moi réfléchir une seconde...

Daníel s'approcha.

– Putain. On doit bien pouvoir casser ce truc !

Retirant un de ses gants, il essaya d'arracher la boîte du mur auquel elle était attachée. Non seulement il n'y parvint pas, mais le froid resserra instantanément ses griffes sur la peau nue de sa main. Les doigts presque paralysés, il s'empressa de remettre son gant.

– Il nous faudrait un maillet ou quelque chose dans le genre, dit-il.

– On pourrait casser une vitre ? suggéra Gunnlaugur d'une voix tremblante.

Ármann se tourna vers lui et répliqua vivement :

– Casser une vitre ? Je te rappelle qu'on est censés s'y abriter pour la nuit !

– On devrait bien pouvoir…

Daníel interrompit Gunnlaugur :

– Pourquoi ce putain de refuge est-il fermé à clé ? Il n'est pas censé être accessible pour les situations comme celle-ci ? On va mourir gelés !

– Calme-toi, Daníel, siffla Helena. Personne ne va mourir gelé.

La tension était palpable au sein du petit groupe.

Daníel avait regretté sa décision de participer à ce week-end dès sa sortie de l'avion, et ce sentiment n'avait fait que croître au fil des heures. Tout ce qu'il voulait à présent, c'était se blottir bien au chaud dans son petit appartement londonien avec sa compagne. Ils n'étaient pas ensemble depuis très longtemps ; bien plus jeune que lui, elle aussi était comédienne et rencontrait déjà beaucoup plus de succès que Daníel – ce qu'il n'admettrait jamais à voix haute.

– On pourrait essayer d'appeler les secours ? proposa Gunnlaugur.

– On est au milieu de nulle part, on ne capte pas, rétorqua Ármann. Et l'habitation la plus proche est à des kilomètres d'ici. Nous sommes seuls. Il faut l'accepter et gérer ça nous-mêmes. Personne ne viendra nous sauver, en tout cas pas avant un bon moment…

– C'est insupportable, de ne pas avoir de réseau…, commenta Daníel, plus pour lui-même que pour ses amis.

– On le savait très bien, répliqua Ármann. C'était l'idée, d'ailleurs : partir ensemble en pleine nature, nous déconnecter un peu du monde. C'est ce qu'on voulait, non ?

Helena les coupa :

– Calmez-vous, les gars. Il faut qu'on arrive à ouvrir cette cabane pour se mettre à l'abri et boire un coup de cognac. On peut rester concentrés ?

– Elle n'a pas l'air bien solide, cette porte, fit Gunnlaugur. Et si on… ?

– Bon, ça suffit. On va casser cette foutue boîte à clés, on la remplacera plus tard, enchaîna Ármann en s'emparant du fusil accroché à son épaule.

S'il ne s'attendait évidemment pas à ce que son ami attaque qui que ce soit avec son arme, Daníel ne put s'empêcher d'avoir un mouvement de recul.

– T'inquiète, mon pote ! s'exclama Ármann en souriant.

Dans ce contexte particulier, Daníel avait toutefois la sensation que ces mots étaient chargés de sous-entendus. Une crainte diffuse flottait dans l'air tourmenté.

Ármann assena des coups sur la boîte avec la crosse de son fusil jusqu'à ce qu'elle se détache du mur et tombe au sol. Il continua de la marteler ainsi, et elle finit par s'ouvrir.

– Voilà, dit-il avec satisfaction. C'était pas si dur. On va enfin pouvoir se détendre.

Il prit la clé, la glissa dans la serrure et poussa la porte. À l'intérieur régnait une obscurité opaque.

– Allez, tout le monde rentre, vite !

Helena ne se fit pas prier et se précipita, bousculant Ármann sur son passage.

Gunnlaugur la suivit d'un pas affreusement lent tandis que Daníel, derrière, prenait son mal en patience. Parfois, son ami lui semblait à peine vivant tant ses mouvements étaient apathiques.

Daníel pénétra enfin dans la cabane. Il peinait à se repérer ; comme lui, ses compagnons faisaient aller et venir le faisceau de leur lampe frontale. Il posa son sac dans un coin et lâcha un soupir. S'il était loin de faire chaud, la température était plus supportable, et les murs les protégeaient de la violence du vent. Daníel avait enfin la sensation de respirer normalement. Il pouvait se détendre un peu...

C'est alors que Gunnlaugur poussa un cri.

Un cri déchirant, si glaçant dans le silence et les ténèbres que Daníel se figea. Un fracas s'ensuivit, et il lui fallut quelques secondes pour comprendre que Gunnlaugur venait de foncer dans Ármann, et que les deux avaient chuté au sol.

Le silence retomba, plus profond que jamais.

Daníel essaya de reprendre ses esprits. Gunnlaugur avait dû voir quelque chose, mais quoi ?

– Qu'est-ce qui se passe ? demanda-t-il.

Personne ne répondit. Daníel fit quelques pas tout en jetant des coups d'œil à droite et à gauche, mais rien n'attira son attention. Il dirigea alors sa lampe devant lui, vers le mur opposé à la porte d'entrée.

Face à la vision absurde et macabre qui s'offrit à son regard, son cœur s'arrêta l'espace d'une seconde. Il essaya de crier, mais ne put émettre le moindre son. Pétrifié, il se contentait de regarder fixement droit devant lui.

Jamais il n'avait été aussi terrifié.

VENDREDI
Un jour plus tôt

Daníel

Ármann conduisait et, comme à son habitude, il s'était donné pour mission de les divertir sur la route. Mais ses plaisanteries, bien qu'amusantes, ne rencontraient cette fois aucun succès. Ce n'était simplement pas le moment. Daníel était fourbu, il avait la gueule de bois après la soirée de la veille et ses amis avaient l'air d'être dans le même état. Finalement, Ármann avait renoncé. Plus personne ne parlait, l'autoradio était éteint et seul le bruit des pneus cloutés contre le macadam troublait le silence. Dehors défilait un paysage plat et gris, à peine égayé par les hautes terres qui brillaient dans le lointain, serties d'une touche de blanc.

Alors qu'il considérait le panorama lugubre d'un œil endormi, Daníel se rendit compte qu'il ne connaissait presque rien de l'est de son pays, qui lui évoquait vaguement une succession de fjords menant à une région sauvage de montagnes et de landes, peuplée de rennes et arpentée par des fermiers, des chasseurs et des pêcheurs robustes, à mille lieues de la vie urbaine qu'il avait connue à Reykjavík, où il avait grandi. Ce n'était pourtant qu'à trois cent cinquante kilomètres !

La voiture filait. Comme toujours, Ármann dirigeait les opérations. C'était lui qui avait organisé ce voyage, trouvé un week-end convenant à tout le monde, réservé les billets d'avion, la voiture de location, l'hébergement. Le plan était d'arriver dans l'est le vendredi, de s'installer dans le chalet, d'arpenter la lande le samedi et le dimanche matin, puis de rentrer à Reykjavík le dimanche après-midi. Sans conviction, Daníel avait accepté tout ce qu'il proposait, y compris cette idée saugrenue d'aller chasser la perdrix des neiges.

En vérité, sa gueule de bois n'était pas si terrible. Malgré cela, il ne s'était pas senti le courage de proposer de conduire. Il avait du mal à se remettre du vol qui les avait amenés de Reykjavík ; le petit avion empestait l'essence, ils avaient été un peu secoués et on lui avait servi un café infect. Bercé par le ronronnement de la voiture, il ferma les yeux. Assis à l'arrière à côté de Helena, il devait bien admettre qu'Ármann les avait gâtés ; la Jeep était spacieuse et confortable. Cela renforçait son envie de dormir, de reprendre des forces avant d'arriver au chalet qu'ils avaient loué pour le week-end. Connaissant Ármann et Helena, il se doutait que cette soirée aussi serait longue.

La veille, à Reykjavík, ils avaient passé une nuit mémorable à écumer les nouveaux bars de la ville après avoir dîné dans un restaurant dont il n'avait jamais entendu parler. Seulement deux ans sans revenir en Islande, et c'est à peine s'il avait reconnu la capitale. Dans le quartier du port, métamorphosé, se dressaient des appartements de luxe et un hôtel cinq étoiles, et de nombreux autres hôtels avaient ouvert ou étaient sur le point de le faire. L'atmosphère du centre-ville lui avait semblé étonnamment effervescente pour un jeudi soir de novembre, et plus cosmopolite qu'avant ; ils avaient même trouvé un club de jazz pas loin du Parlement, un endroit que Daníel aurait plus associé à New York qu'à Reykjavík. De plus, ils avaient eu de la chance avec le temps ; il avait fait froid, mais le ciel était resté dégagé toute la soirée. On annonçait une météo comparable dans l'Est, même si les températures seraient plus basses et que des chutes de neige étaient à envisager.

À chaque nouvelle visite au pays, Daníel supportait plus mal les basses températures, et il avait de moins en moins de patience pour ce climat sans cesse changeant. Toutefois, n'ayant pas envie d'entendre ses amis lui dire que Londres l'avait ramolli, il s'appliquait à n'en rien laisser paraître. Cette discipline était un moyen comme un autre d'éprouver ses talents d'acteur. Il ne fallait jamais laisser tomber le masque – qu'il s'agisse de sa sensibilité à la météo ou de sa carrière.

Ses amis étaient tous convaincus qu'il avait rencontré le succès en Angleterre et il se gardait bien de les contredire. Il avait étudié dans une école respectable, même si elle n'était pas aussi réputée qu'il le sous-entendait. Une fois diplômé, il s'était pour l'essentiel consacré au théâtre, ce qui lui avait valu quelques bons rôles. La plupart des pièces dans lesquelles il jouait étaient cependant montées par de petites compagnies qui tournaient dans des villes de province ; il n'avait qu'à trois reprises décroché un contrat pour des représentations à Londres – deux fois en tant que doublure, ce qui ne lui avait même pas permis de monter sur scène, la troisième dans un rôle très secondaire. Ses cachets étaient modestes, et pour subvenir à ses besoins il cumulait les petits jobs dans des restaurants. Mais aux yeux de ses amis, il était célèbre à l'étranger, un acteur en vogue. C'était en tout cas le rôle qu'il aurait à tenir ce week-end – et ça ne lui déplaisait pas.

– Tu n'as vraiment jamais tué de tes mains ? demanda Ármann, brisant le silence.

Conscient que la question lui était adressée, Daníel décida néanmoins de l'ignorer.

– *Daníel*, tu n'as jamais tué ? répéta son ami.

– Non, je ne vois pas le plaisir qu'on peut en tirer, répondit-il en haussant la voix pour se faire entendre par-dessus le grondement du moteur.

– En fait, c'est assez gratifiant. Je ne sais pas exactement comment décrire ça. Chasser pour se nourrir, c'est comme se suffire à soi-même. Un retour à la nature.

Daníel haussa les épaules. Ármann, les yeux fixés sur la route, ne pouvait pas le voir.

– Manger me suffit. Ça, je m'y connais.

– Tu vas chasser quelques oiseaux avec nous, ne dis pas de bêtises ! s'exclama Helena avec un sourire. Il est hors de question qu'on rentre chez nous sans avoir fait couler un peu de sang !

Quelque chose dans le sourire de la jeune femme le mit mal à l'aise, sans compter ce discours morbide qui le laissait perplexe. C'était pourtant bien l'objectif de leur week-end, en plus de passer du temps ensemble.

– Peut-être. Je vais essayer. Mais en tout cas, je vous donnerai mon butin. Je m'imagine mal retourner avec en Angleterre.

– Tu ne saurais pas le cuisiner, de toute façon, glissa Gunnlaugur d'une voix si basse qu'on l'entendit à peine.

Daníel avait été surpris d'apprendre que Gunnlaugur serait là. Certes, il faisait partie de la bande à l'époque, mais ces dernières années, les rares fois où ils s'étaient revus, personne ne l'avait invité – une sorte d'accord tacite. Daníel l'appréciait – après tout, ils se connaissaient depuis l'enfance –, cependant il devait admettre que son ami ne cadrait plus tout à fait avec le groupe. D'un naturel calme et réservé, il cachait un côté sombre qui, avec un peu de chance, ne se manifesterait pas ce week-end. De plus, il n'apportait jamais rien de très intéressant à la conversation. C'était un homme plutôt ennuyeux qui, à ce que Daníel en savait, passait la majeure partie de son temps libre seul chez lui, devant la télévision.

– Tu as déjà chassé, Gunnlaugur ? lui demanda-t-il.

On ne l'appelait jamais autrement que par son prénom – contrairement à la majeure partie des Islandais, il ne s'était pas vu affublé d'un diminutif affectueux, comme Gulli par exemple.

– Pas beaucoup, mais je sais me débrouiller. Mon père nous avait appris à utiliser un fusil, à mon frère et à moi. On allait aussi pêcher le saumon. Pour tout vous dire, c'est le fusil de mon père que j'ai emporté.

– Génial, un fusil avec une histoire, commenta Helena.

– Oui, et d'ailleurs, pour que les choses soient claires, je ne le prêterai pas. Je serai le seul à m'en servir.

Un instant, Daníel crut qu'il plaisantait, mais il se rendit vite compte qu'il était on ne peut plus sérieux. Gunnlaugur n'était pas exactement connu pour son sens de l'humour.

– Du calme, répondit-il. Personne ne va te le prendre, ton fusil.

– Je préfère préciser, vu que tu es venu les mains vides.

– Je disais simplement…

Helena l'interrompit :

– J'ai apporté une bouteille de cognac. Ármann, tu as prévu de quoi boire, toi aussi ? enchaîna-t-elle, bien que connaissant probablement la réponse.

Bien tenté, songea Daníel, même si le sujet sur lequel elle venait d'essayer de faire dévier la conversation n'était peut-être pas le plus approprié au sein de ce groupe.

– Tu penses bien ! répondit Ármann avec un large sourire.

Daníel s'appuya au dossier de son siège et ferma les paupières. Il aurait aimé pouvoir faire de même avec ses oreilles.

Pourquoi s'était-il laissé embarquer dans ce voyage ? Avait-il le moindre espoir de passer un bon moment ? Au point où il en était, il serait simplement content de venir à bout de ce week-end.

Gunnlaugur

– Tu n'avais pas dit que c'était un pavillon de chasse ?

Gunnlaugur, qui avait fait le tour de la maison, composée de six chambres au confort rudimentaire dont il devrait s'accommoder, essaya de garder un ton de voix léger en dépit de sa déception. Il voulait qu'Ármann comprenne qu'il n'était en aucune manière impressionné par le standing des lieux, tout en s'assurant que ses compagnons de voyage puissent prendre son commentaire pour une plaisanterie. Le sarcasme était un abri.

– Mais c'en est un ! rétorqua Ármann. Tu n'en as jamais vu de ta vie ?

– Si, bien sûr. Mon père et moi en louons un chaque été, quand nous allons pêcher au bord de la Haffjarðará. Mais ce n'est pas vraiment la même catégorie. Enfin bon, c'est pas si mal..., ajouta Gunnlaugur, même si dans son for intérieur il trouvait l'endroit bien trop moderne et impersonnel, loin du cachet des chalets plus traditionnels.

– Et largement suffisant, conclut Ármann.

Ils s'étaient installés dans le salon pour se détendre après le dîner. Ármann s'était chargé de préparer un rôti de bœuf, qu'il avait accompagné d'une bouteille de vin rouge. Gunnlaugur avait apprécié l'effort et, même si la viande lui avait paru un peu sèche, il ne s'était pas plaint. Quant au vin, il n'y avait pas touché.

Il jeta un coup d'œil en direction de la fenêtre. Il faisait nuit noire dehors, et il fut saisi d'une légère inquiétude. Certes, il était en bonne compagnie – Daníel, Helena et Ármann étaient ses meilleurs amis – mais quelque chose dans ce lieu, son isolement et l'obscurité le mettaient mal à l'aise. Il ignorait où ils se trouvaient exactement – il avait dormi dans la voiture pendant une bonne partie du long trajet depuis l'aéroport – et si un incident survenait, il serait incapable de revenir sur ses pas. Il dépendait entièrement de ses trois compagnons.

Un instant, il eut la sensation que les ténèbres extérieures se resserraient sur lui. Il n'était pas vraiment fait pour ce genre d'aventure dans les montagnes en plein hiver. Il préférait de loin les week-ends de pêche estivaux où, debout au milieu d'un lac, il se livrait à une lutte sans merci avec des saumons récalcitrants sous un ciel clair et par un temps relativement clément. Il n'avait pas menti en affirmant qu'il savait se servir d'un fusil, mais sa dernière utilisation ne datait pas d'hier, et il ne voulait pas avoir à demander de l'aide une fois en situation. Pas question de montrer la moindre faiblesse. Il allait se débrouiller. Tuer quelques oiseaux était à la portée de tout le monde, après tout. Son père lui disait toujours que le plus difficile, c'était le premier tir, éprouver la puissance du coup de feu, accepter qu'on a le pouvoir de donner la mort. Une fois cette étape passée, la suite ne posait plus de problème.

– Comment as-tu déniché un endroit pareil ? demanda-t-il.

Ármann se tourna vers lui et but une gorgée. Comme Helena et Daníel, il s'était servi un gin tonic, tandis que Gunnlaugur se contentait d'eau gazeuse.

– Un endroit pareil ?

– Je veux parler du chalet.

– J'ai travaillé dans le coin pendant deux ans. Je connais la région comme ma poche. J'ai emmené un paquet de touristes en excursion dans tout l'est de l'Islande, c'est comme ça que j'ai commencé...

– Parfait ! Nous sommes entre de bonnes mains, l'interrompit Gunnlaugur.

Pour l'avoir entendue un nombre incalculable de fois, il connaissait par cœur l'histoire de cette petite agence de tourisme dans l'Est, ce *simple embryon d'idée*, ainsi qu'Ármann le formulait, devenue une entreprise prospère qui brassait désormais des centaines de millions de couronnes islandaises. Peut-être même des milliards ? Gunnlaugur n'avait aucune envie d'entendre encore parler de ces chiffres stratosphériques ou, de manière plus générale, du succès de son ami. De son côté, il avait fait des études de droit non pas par ambition ou réelle aptitude, mais parce qu'il avait échoué deux fois en médecine. Lassé, son père lui avait enjoint d'essayer cette autre voie où, après un premier échec, il avait tant bien que mal réussi ses examens.

Depuis quelques années, il travaillait à Reykjavík dans un cabinet d'avocats de taille moyenne, où chaque jour ressemblait au précédent. Il ne s'ennuyait pas vraiment, trouvant toujours de quoi s'occuper, mais il nourrissait une certaine amertume en voyant ses jeunes collègues juristes grimper les échelons dans la hiérarchie pendant que lui restait derrière, prisonnier de la même routine. Ses efforts lui avaient tout juste permis d'acquérir un appartement et une voiture. Pendant ce temps, Ármann, sans diplôme, avait accumulé une telle richesse que Gunnlaugur savait qu'il ne pourrait jamais l'égaler. À moins que son ami trouve le moyen de tout perdre. Même s'il l'aimait beaucoup, Gunnlaugur ne supportait plus d'entendre Ármann fanfaronner, et il priait parfois pour qu'une nouvelle crise financière frappe le pays, et que le tourisme s'effondre… Ainsi, les cartes seraient redistribuées.

– Comment vont les amours ? lui demanda Helena.

C'était une question qu'elle lui posait toujours lorsqu'ils se retrouvaient. Sans doute parce qu'il avait toujours eu des difficultés à garder une petite amie. Il n'était pourtant pas si repoussant, mais ses relations ne duraient jamais plus de quelques semaines. C'était à l'étranger qu'il avait eu le plus de chance : alors qu'il était au Danemark pour un échange universitaire, il avait rencontré une jeune fille avec qui il était resté en couple quatre mois. En vérité, il avait toujours eu le béguin pour Helena. Elle en était consciente, même s'ils n'en avaient jamais parlé. Il ne se passerait sans doute rien entre eux, et c'était peut-être justement pour cela qu'elle prenait un malin plaisir à l'interroger à ce sujet.

– Je suis célibataire pour le moment, répondit-il, s'efforçant de ne pas perdre son sang-froid. Et toi ?

Helena sourit.

C'est pas tes oignons, lut-il sur son visage.

– Il reste quelque chose à boire ? lança Daníel en agitant son verre vide. Ármann, c'est toi le barman, non ?

L'intéressé se leva.

– C'est une très mauvaise idée, soupira Gunnlaugur.

Dehors, le vent s'était levé, et il frissonnait, même avec son pull en laine. Helena se tourna vers lui :

– Quoi donc ?

– Pardon, je veux dire… venir ici. On est au milieu de nulle part, on peut s'estimer heureux d'avoir du chauffage et de l'électricité, mais s'il se passe quelque chose… Tu vois, si on…

– Que veux-tu qu'il se passe ? demanda Daníel qui tenait toujours son verre vide à bout de bras, attendant qu'Ármann le serve.

– Je ne sais pas, répondit Gunnlaugur. N'importe quoi… Si on se retrouvait bloqués…

Son sentiment de claustrophobie s'intensifia à la simple mention de cette possibilité.

– Si on devait marcher pour retourner à…

– Qu'est-ce que tu racontes, Gunnlaugur ? Pourquoi faudrait-il qu'on marche ? dit Helena.

– C'est juste que… si la voiture tombe en panne, on pourrait bien tous mourir de froid, dit-il, regrettant aussitôt d'avoir employé ces mots.

Le silence s'abattit sur le trio rassemblé autour de

la table basse. Parti dans la cuisine, Ármann avait peut-être manqué cette dernière phrase.

Gunnlaugur regarda ses amis dans les yeux, d'abord Helena, puis Daníel. Tous deux restèrent muets. C'était sa faute, il en était conscient. Il lui arrivait souvent de se laisser ainsi emporter, de ne pas réfléchir avant de parler. Ce n'était pas le genre de phrase à prononcer au sein de ce groupe.

Il songea à s'excuser, à rétropédaler, mais les mots ne lui venaient pas, et Ármann réapparut tout à coup avec une bouteille de gin dans une main, et une de tonic dans l'autre.

– Quelqu'un a soif ? demanda-t-il, avec son habituelle insouciance.

– Oh que oui ! répondit Daníel en lui tendant son verre.

– Moi aussi, s'il te plaît, dit Helena d'un ton éteint – les propos malavisés de Gunnlaugur l'avaient visiblement affectée.

Ármann se dirigea vers elle et la servit avec l'aisance d'un barman professionnel. Il s'apprêtait à retourner dans la cuisine lorsque Gunnlaugur l'interpella, sans vraiment l'avoir décidé :

– Tu aurais un verre pour moi ? Pas trop chargé, ajouta-t-il, comme pour atténuer l'impact de ce qu'il venait de dire.

Il regretta immédiatement sa question ; pourtant, à cet instant précis, il lui semblait que seul un verre – un tout petit verre – pourrait alléger le malaise et le sentiment oppressant d'isolement qui l'assaillaient. Ármann se retourna d'un bond. À en juger par son expression, il semblait convaincu d'avoir mal entendu.

– Un verre pour toi, Gunnlaugur ?

– Oui, répondit-il avec hésitation, même s'il savait au fond de lui qu'il n'y avait plus de retour possible – il imaginait déjà le goût amer de l'alcool lui picoter la langue.

– C'est comme si c'était fait, enchaîna Ármann d'un air décidé, comme si cela ne posait pas le moindre problème.

Il posa les bouteilles, fila dans la cuisine et revint immédiatement, un verre à la main.

– Je te laisse te servir, dit-il.

Cette proposition n'était pas innocente. C'était une manière de lui laisser l'occasion de changer d'avis. Et s'il ne le faisait pas, la responsabilité incomberait à lui seul, pas à ses amis.

Gunnlaugur prépara son mélange, prenant soin de verser une quantité généreuse de gin.

Portant le cocktail à son nez, il en respira le parfum, et une vague de bien-être le submergea.

Puis il but son premier verre depuis deux ans.

Helena

Helena avait mis du temps à s'endormir après avoir abandonné les garçons dans le salon. À 1 heure passée, elle avait gagné sa chambre, non sans leur rappeler qu'ils prévoyaient une partie de chasse le lendemain, et qu'il valait mieux être en forme.

Elle avait été surprise de voir Gunnlaugur se servir un verre. À sa connaissance, il était sobre depuis un bon moment. L'alcool ne lui réussissait pas, ce n'était un secret pour personne.

Réveillée en sursaut, elle ouvrit les yeux. Dans les ténèbres environnantes, elle peinait à distinguer ce qui l'avait tirée du sommeil et n'avait pas la moindre idée de l'heure. Un malaise diffus s'était simplement emparé d'elle. Refermant les paupières, elle inspira profondément.

Elle avait encore rêvé de Víkingur, cela lui revenait à présent. Cinq années avaient passé, pourtant il lui apparaissait presque chaque nuit. Ces rêves, bien qu'elle ne se les rappelle pas avec exactitude, lui laissaient un sentiment agréable, proche du bonheur, jamais la moindre tristesse. Jusqu'à son réveil et au retour de son terrible sentiment de solitude.

Cinq ans, et elle était toujours célibataire. Elle avait connu quelques hommes, mais aucun ne tenait la distance. C'était comme si elle entamait chaque relation avec le même *a priori* : personne ne valait Víkingur. Désormais, elle était seule.

Elle se tourna sur le côté. Il faisait froid dans la chambre, surtout en contraste avec la chaleur de son rêve. Avec un peu de chance, elle se rendormirait rapidement et parviendrait à invoquer de nouveau l'image de Víkingur. Malheureusement, elle peinait souvent à retrouver le sommeil quand elle se réveillait la nuit, et lorsqu'elle y arrivait, elle plongeait dans un néant dépourvu du moindre rêve.

Il lui manquait tant…

– Helena.

Elle sursauta. Elle aurait pu jurer qu'elle avait entendu une voix chuchoter son prénom. Son cœur s'emballa et elle se redressa, ses yeux fouillant l'obscurité. Quelqu'un était là, dans sa chambre ; elle distinguait une silhouette près de la porte qui s'approchait à pas lents. Incapable de prononcer un mot, elle resta figée sur son lit. Elle aurait dû se lever, mais son corps lui semblait soudain privé de toute force.

– Helena, murmura de nouveau la voix, un peu plus affirmée.

– Qui… qui est-ce ? demanda-t-elle, pas trop fort – elle ignorait pourquoi elle ne se mettait pas tout simplement à hurler.

– N'aie pas peur, ce n'est que moi.

Elle comprit immédiatement de qui il s'agissait. Tel un poison, l'angoisse afflua dans ses veines. La légère ébriété qui l'étreignait au moment où elle s'était couchée s'était évaporée, mais l'homme dans sa chambre était clairement ivre, elle l'entendait à sa manière de parler.

– C'est moi, Gunnlaugur.

– Qu'est-ce que tu fais là ? Ça ne va pas, non ? siffla-t-elle en essayant toutefois de rester discrète pour ne pas alerter les autres.

– Je... je voulais juste passer te voir, dit-il en se rapprochant encore.

La bouche pâteuse, il exhalait une entêtante odeur d'alcool. Il s'assit lourdement sur le lit, lui bloquant toute issue. Serrant sa couverture contre elle, elle resta prostrée.

– Je me... je me disais juste... tu vois...

– Non, Gunnlaugur, je ne vois pas. Je dormais. Est-ce que tu peux t'en aller, s'il te plaît ? Maintenant.

– Je m'en vais, je m'en vais... Je voulais juste voir si tu allais bien. J'ai cru comprendre que tu étais célibataire en ce moment. Pas de petit ami.

Il se pencha vers elle.

– Sors d'ici ! Il ne se passera jamais rien entre nous, compris ?

Il se leva et fit un pas ou deux en arrière en titubant, mais il demeurait désagréablement proche.

– Je... tu sais quoi ? On est tous les deux seuls et il fait froid, on pourrait... tu sais, se réchauffer un peu...

– Gunnlaugur, va te coucher.

Et arrête de boire, ajouta-t-elle en pensée.

Il resta planté là, chancelant. Les mains toujours serrées sur sa couverture, elle le distinguait mieux dans le noir. Elle n'avait plus vraiment peur ; vu son état, elle aurait sans doute le dessus sur lui si la situation dégénérait, et elle avait bon espoir de réussir à le faire simplement sortir de sa chambre. Dans le pire des cas, elle pourrait toujours appeler Ármann à l'aide. Il était dans la chambre voisine, et les murs étaient fins.

– Tu veux bien sortir ? dit-elle en haussant la voix.

Il recula encore d'un pas, et elle soupira de soulagement.

– Allez, Gunnlaugur. Va dormir. Ne joue pas au con.

– Tu sais qu'on irait bien ensemble, Helena, dit-il. Tu le sais.

Soudain, ce fut comme s'il avait changé d'avis. En à peine une enjambée, il se jeta sur elle et l'embrassa.

Elle le repoussa brusquement et, cette fois, hurla :

– Putain de merde, Gunnlaugur ! Dégage !

Il tomba par terre dans un fracas de tous les diables.

Ármann

Ármann venait de s'endormir lorsque le cri de Helena le réveilla.

Bon sang, qu'est-ce qui se passe ? songea-t-il en bondissant de son lit.

Elle dormait dans la chambre à côté. Comme au bon vieux temps.

Se précipitant dans le couloir, il trouva sa porte entrouverte. Il alluma la lumière et eut un mouvement de recul en voyant Gunnlaugur allongé par terre.

Helena se leva, l'air désemparé, mais une lueur de fureur dans le regard. Il connaissait bien cette expression.

– Qu'est-ce que c'est que ce bordel ? lança-t-il, sa question visant surtout l'homme à terre.

Sans répondre, Gunnlaugur tenta piteusement de se redresser.

– Tout va bien ? demanda Ármann à Helena.

Elle hocha la tête.

– Que s'est-il passé ?

Elle resta muette un instant, comme pour prendre le

temps de formuler la réponse la plus exacte possible. Typique de Helena.

– Il s'est trompé de chambre, dit-elle simplement.

– Trompé de chambre ? répéta Ármann, devinant le mensonge. Gunnlaugur, lève-toi ! C'est quoi, ton problème ?

Avec difficulté, l'homme parvint à retrouver son équilibre et se hissa sur ses pieds.

– Je... oui, je suis entré dans sa chambre par mégarde... Désolé...

– Et quoi ? Qu'est-ce qui s'est passé ensuite ? Pourquoi tu as crié ?

Helena ne répondit pas.

Ármann se posta près de son ami, qui tanguait légèrement.

– Gunnlaugur, dit-il plus fort en le fixant pour attirer son attention. Qu'est-ce que tu fais ici ?

Gunnlaugur se tourna vers Helena, puis à nouveau vers Ármann.

– Désolé, faut que j'aille dormir.

– Bon sang, qu'est-ce qui t'a pris de te remettre à boire ce soir ?

– Je... je sais pas. Me fais pas de mal...

En entendant ces mots, Ármann recula d'un pas.

– Qu'est-ce que tu racontes ? Pourquoi je te ferais du mal ? Tu me prends pour qui ? Tu as fait quelque chose à Helena ? Dis-moi la vérité.

– Non... non, je n'ai rien fait, je...

– Helena, qu'est-ce qui s'est passé ? insista Ármann en se tournant vers elle. On peut retourner en ville dès maintenant. On peut tout annuler, si c'est ce que tu veux.

– Ne dis pas n'importe quoi, Ármann. Tout va bien. Tu sais comment il est quand il a bu.

Il hocha la tête et se tourna vers Gunnlaugur :

– Fais très attention, compris ?

– Oui, répondit ce dernier d'une voix faible et honteuse.

– Je ne veux aucun problème, d'accord ?

– D'accord.

– Et tu arrêtes de boire ce week-end. On a des fusils avec nous. Mieux vaut garder la tête froide.

– OK, marmonna Gunnlaugur tout en tentant de se faufiler entre Ármann et le cadre de la porte.

Ármann refusa de bouger pour l'aider à passer, mais il ne dit plus rien, et Gunnlaugur finit par quitter la chambre. Il était clair que Helena le couvrait parce qu'elle voulait éviter de perturber leurs projets pour ce week-end. Gunnlaugur avait toujours eu un problème avec l'alcool, ce n'était pas un secret. Plus jeune, il était parfois ingérable lorsqu'il était ivre, sans cesse à chercher la petite bête, quand il ne se montrait pas purement et simplement agressif. Le problème s'était amplifié au fil des années, jusqu'à ce qu'il décide enfin d'arrêter l'alcool. Ils étaient moins proches aujourd'hui, et Ármann ignorait s'il était déjà arrivé à Gunnlaugur de se remettre à boire, mais pour lui la surprise avait été totale quand son ami lui avait demandé un gin tonic plus tôt dans la soirée.

– Helena ? dit-il à mi-voix lorsqu'ils furent seuls.

Elle leva les yeux sur lui sans prononcer un mot. Ils se comprenaient sans avoir à se parler.

– Recouche-toi, lui murmura-t-il avec douceur. Tout va bien se passer.

SAMEDI

Daníel

– Bon, tu as tout ce que je t'ai dit d'apporter ? demanda Ármann, appuyé contre le cadre de la porte.

Daníel avait aligné son matériel sur le lit et s'apprêtait à remplir son sac à dos.

– Je crois, répondit-il avec une légère hésitation qu'il s'efforça de ne pas laisser paraître.

Le réveil avait été difficile, il aurait aimé dormir plus longtemps après la soirée de la veille, même s'il était finalement plutôt en forme compte tenu des circonstances. Un bruit l'avait tiré du sommeil durant la nuit, puis il s'était rendormi aussitôt. Il ne savait pas ce qui s'était passé ; Gunnlaugur semblait de mauvaise humeur à la table du petit déjeuner. Comme pour le dîner, Ármann s'était occupé de cuisiner, lui, leur guide autoproclamé – leur voyagiste expert, comme il l'aurait sans doute formulé. Il leur avait servi du pain grillé et du bacon, carburant efficace pour démarrer la journée.

– Une lampe frontale ?

Daníel demeura interdit.

– Euh… oui.

Il parcourut le lit du regard, mais ne la vit nulle part. Il était pourtant certain d'en avoir acheté une à Londres.

– Tu sais que tu peux mourir si tu n'en as pas. Si tu nous perds et que la nuit tombe…

Sentant la crainte s'insinuer en lui, Daníel essaya de garder son calme.

– Elle est bien quelque part…

Il fouilla son sac de voyage et la retrouva enfin.

– Je ne compte pas m'éloigner de vous, cela dit. Je ne sais pas ce que je deviendrais.

– On te gardera à l'œil. Et on te prêtera un fusil. Tu verras, tu vas bien t'amuser.

Daníel en doutait, mais il se força à voir les choses du bon côté. Dans tous les cas, c'était une aventure. Et vivre des expériences insolites, c'était un plus quand on était comédien. Un jour ou l'autre, sa carrière décollerait, il en était convaincu, et avoir vécu cette confrontation avec les forces de la nature pourrait toujours lui servir pour enrichir son jeu.

– Comment s'annonce la météo ? demanda-t-il.

– Plutôt bonne la dernière fois que j'ai regardé, mais là, on n'a pas de réseau. Il faut pas mal marcher et monter en altitude pour atteindre les neiges éternelles. Ça ne va donc jamais être plus clément que ce qu'on a ici. Il va falloir s'accrocher, Daníel, ajouta-t-il avec un sourire.

– Tu es sûr de bien connaître le chemin ? Je n'ai pas envie qu'on se perde…

– Bien sûr. Ce monde-là, c'est toute ma vie. C'est même mon gagne-pain. Je ne serais pas à la tête d'un tel empire si je ne savais pas ce que je faisais.

Et c'est reparti, songea Daníel. Toujours à le seriner avec son succès, sa richesse. Probablement un complexe d'infériorité qui le poussait à en rajouter sans cesse. Quand ils étaient plus jeunes, Daníel doutait qu'Ármann trouverait un jour un travail très épanouissant. Il avait des difficultés à l'école et négligeait ses études. Suite à de mauvaises rencontres, il avait même mal tourné pendant un temps, s'enfonçant dans la drogue et multipliant les plans louches. De plus, il n'était pas gâté par la nature, même si ce critère n'était pas forcément déterminant. À l'inverse, Daníel avait toujours été considéré comme le plus séduisant de son groupe d'amis, et il était bien conscient d'avoir un certain pouvoir d'attraction sur les autres. Ármann avait eu une copine pendant quelques années, mais ils n'avaient pas eu d'enfants et leur couple avait connu une fin amère. À présent célibataire, il semblait marié à son travail.

– Oui, c'est super que tu aies réussi à conquérir le marché du tourisme, répondit Daníel. Je ne t'oublierai pas lorsque je viendrai tourner en Islande, nous aurons sûrement besoin de quelqu'un pour nous accompagner.

Il n'avait pu résister à la tentation d'embellir un peu sa propre vie.

– Ah oui ? Tu vas jouer dans un film qui se passe en Islande ? répliqua Ármann, sans chercher à cacher la pointe d'ironie dans sa voix.

– C'est en cours de discussion, oui, même si je ne peux pas encore en parler. J'ai toujours plusieurs projets sous le coude, tu sais comment c'est.

Ce dernier point n'était pas vraiment un mensonge,

même si les projets en question n'étaient qu'au nombre de deux : figurant dans une pièce de théâtre qui tournerait dans quelques villes britanniques à Noël, et une audition prévue pour début décembre.

– J'ai hâte de voir ça. Il sortira au cinéma ou directement sur les plateformes en ligne ?

– Il est trop tôt pour le dire, répondit Daníel avant de changer rapidement de sujet : Au fait, j'ai acheté le journal comme tu l'as mis sur la liste que tu m'as envoyée. Le voilà, le *Times* d'hier, je l'ai pris à l'aéroport. C'est pour quoi faire, tu veux le lire ?

Ármann éclata de rire.

– Je ne lis pas les journaux, dit-il, et il ne put s'empêcher d'ajouter : À moins d'être dedans. Ou qu'il y ait une publicité pour une de mes entreprises.

Cette manière de rouler des mécaniques commençait à taper sur les nerfs de Daníel.

– Bon, alors je le balance ?

– Mais non, attends, il faut que tu le prennes ! Tout le monde a le sien. Si tu arrives à tuer un oiseau, tu l'envelopperas dedans pour le ranger dans ton sac à dos sans mettre de sang partout. Le papier va tout absorber.

Daníel hocha la tête et enfila sa doudoune bleue en essayant de réprimer son dégoût.

– Nous t'avons pris un en-cas, comme promis. Des plats islandais qui tiennent bien au corps : du pâté de tête de mouton et de la saucisse de foie. Tu as aussi une bouteille d'eau vide. Et Helena a du cognac dans son sac à dos, si jamais l'un de nous a besoin d'un petit remontant.

– Une bouteille d'eau vide ?

– Tu la rempliras dans les ruisseaux, bien sûr.

Ármann lui asséna une vive tape dans le dos.

– Tu as hâte, mon petit Daníel ? C'est le genre de chose que tu ne vivras jamais à Londres. La nature dans toute sa pureté, la puissance des éléments... On ne se sent jamais aussi vivant qu'en se lançant des challenges de ce genre. Je suis fier de toi.

– Oui, essayons d'en profiter au maximum, répondit Daníel en remplissant son sac à dos.

Helena aurait du cognac dans le sien, lui avait dit Ármann... Alcool et fusils... Cela ne pouvait pas faire bon ménage, et le fait qu'une étrange tension règne parfois au sein de leur petit groupe n'arrangeait rien.

Il soupira et s'accrocha à l'idée que tout se passerait bien.

Gunnlaugur

– J'ai passé des heures et des heures le nez dans mes cartes pour repérer les meilleurs lieux, vous pouvez me faire confiance, dit Ármann lorsqu'ils se mirent en route.

Gunnlaugur essayait de l'écouter avec attention, mais les mots peinaient à lui parvenir, ils résonnaient quelque part à l'arrière de son crâne. Il était dans un état effroyable après la soirée de la veille, aussi bien mentalement que physiquement. Son mal de tête tenace lui rappelait sans cesse qu'il aurait dû s'abstenir de boire, et pourtant, tout ce dont il avait envie à cet instant, c'était une petite bière.

Il ne se souvenait pas vraiment de ce qui s'était passé entre Helena et lui cette nuit. Seuls des fragments lui revenaient : il était allé dans sa chambre, lui avait dit quelque chose, était tombé, avait vu Ármann, puis il s'était réveillé par terre dans sa propre chambre. Il espérait ne pas avoir dépassé les limites, mais il en doutait fortement. Ce matin, il n'avait pas échangé un mot avec Helena et Ármann ; il avait fait en sorte d'arriver tard pour le petit déjeuner et ne s'était pas attardé à table. L'atmosphère était pesante, mais les autres avaient visiblement décidé de ne pas laisser cet incident ruiner leur week-end. Il en était soulagé, car il n'aurait pas aimé avoir ça sur la conscience, même si une partie de lui aurait voulu rentrer, se traîner jusqu'à son lit et dormir des heures – disparaître de la surface de la terre.

– Allez, c'est parti ! s'exclama Daníel d'un ton bon enfant en lui donnant une tape sur l'épaule.

L'entrain dont il faisait preuve n'avait rien de sincère, mais Gunnlaugur apprécia l'effort. Au moins, Daníel ne refusait pas de lui adresser la parole, contrairement aux deux autres. Avait-il entendu ce qui s'était passé pendant la nuit ? Avec un peu de chance, il dormait à poings fermés...

– Oui allons-y ! Et il faut que je t'apprenne à tenir un fusil, dit Gunnlaugur.

Il faisait froid, mais il était chaudement habillé, et peut-être qu'un peu d'air frais lui ferait le plus grand bien. Il s'inquiétait pour Daníel, dont le manteau ne semblait pas aussi épais que ceux de ses compagnons – il l'avait sans doute acheté dans une boutique de luxe londonienne, où l'on ne connaissait rien du rude climat islandais. En réalité, cela lui était égal ; si Daníel préférait la mode à sa survie, en quoi cela le concernait-il ? C'était d'ailleurs bien son genre de privilégier l'apparence en toutes circonstances.

Au cabinet d'avocats où il travaillait, Gunnlaugur n'avait cessé de se vanter de cette partie de chasse prévue avec ses amis. Ses collègues semblaient incrédules :

visiblement, peu l'imaginaient capable de prendre du plaisir à chasser la perdrix. Peut-être ne le croyaient-ils pas non plus lorsqu'il affirmait avoir des amis.

Il avait espéré que ce week-end en pleine nature lui permettrait d'oublier le train-train quotidien du travail et la condescendance de ses supérieurs, qui le traitaient comme un esclave. Il avait aussi probablement fantasmé ses retrouvailles avec Helena. Il l'avait toujours aimée, même s'il savait qu'il ne se passerait jamais rien entre eux. La veille, le gin l'avait presque poussé à faire un pas de trop.

Il se le promit une fois de plus : il ne boirait plus une goutte, c'était terminé.

Et il s'efforcerait de profiter au maximum de ce week-end d'aventure.

Helena

Helena inspira une bouffée d'air glacial et sentit l'oxygène affluer dans tout son corps. Elle observa le paysage, savourant ce moment privilégié de communion avec la nature. Toute la matinée, ils avaient gravi la pente sur un terrain rude et monotone fait de graviers et de rochers, seulement égayé çà et là par des plaques de mousse givrée ; ils venaient d'arriver à la limite des neiges éternelles, et partout où son regard portait, elle pouvait admirer le sommet étincelant des monts immaculés.

La nuit passée, sous le coup de la colère, elle avait failli faire ses valises et rentrer, tant l'idée de passer une minute de plus avec Gunnlaugur lui était devenue insupportable. Ármann l'aurait suivie, elle l'avait vu dans ses yeux, et le week-end aurait été annulé, tous leurs plans à l'eau. Finalement, elle s'était ressaisie. Ce n'était pas la première fois que Gunnlaugur se comportait comme un imbécile, même s'il n'était jamais allé aussi loin avec elle. Dans d'autres circonstances, elle n'aurait pas hésité à partir, mais ce n'était pas aussi simple. Ármann avait tout organisé, ils étaient sur place, autant continuer.

Elle avait pris son petit déjeuner aux aurores pour éviter de croiser Gunnlaugur – étant donné son état la veille au soir, il y avait peu de chances qu'il se lève tôt. Ils n'avaient pas échangé un mot de toute la matinée, et elle prenait soin d'éviter son regard. Dans l'idéal, elle aurait aimé ne plus le croiser du week-end, mais il était évident qu'elle ne pourrait s'y soustraire.

Il avait toujours été pénible, c'était même étonnant qu'il ait réussi à s'imposer dans leur petit groupe, à l'époque. Daníel et lui étaient camarades de classe depuis l'école primaire et lorsqu'ils avaient intégré le lycée, Gunnlaugur ne l'avait pas lâché d'une semelle – à l'évidence, il n'avait de liens avec personne d'autre. Ayant un peu pitié de lui, Daníel et ses nouveaux amis avaient accepté de le prendre sous leur aile. Tout ça, finalement, c'était la faute de Daníel et de son incapacité à dire non. C'était un garçon populaire qui aimait être bien vu.

Ils marchèrent deux bonnes heures de plus, puis firent une pause, s'installant sur des rochers plats pour déjeuner. L'expression de Daníel à la vue des spécialités gastronomiques traditionnelles qu'ils avaient emportées amusa Helena. Visiblement, il avait perdu l'habitude de manger du poisson séché pendant ses années londoniennes. Tout en déjeunant, elle observa les alentours. La mince couche de neige éparse ne datait pas d'hier. Elle avait commencé à fondre au cours des derniers jours, et par endroits, le sol noir affleurait.

Ils se remirent en route une fois leur repas terminé ;

le froid mordant ne leur permettait pas de rester immobiles très longtemps. Une heure ou deux passèrent, plus personne ne parlait. La marche demandait davantage d'efforts, Gunnlaugur et Daníel avaient l'air concentrés sur leur souffle. Les vastes montagnes les surplombaient de tous côtés, dénudées et silencieuses. Ils n'avaient pas croisé âme qui vive depuis leur départ du chalet au petit matin.

Helena fronça les sourcils à la vue d'un amas de nuages lourds apparu à l'horizon. La météo s'annonçait moins favorable que prévu, mais elle se savait entre de bonnes mains, avec Ármann pour guide. Il n'était pas du genre à se laisser surprendre, et le vent ne devait pas se lever avant le soir. Ils seraient à l'abri depuis longtemps.

– Vous êtes sûrs qu'on trouve des perdrix dans le coin ? demanda Daníel.

Ármann s'arrêta.

– Pour en trouver, il faut montrer un peu de bonne volonté et savoir lire son environnement, répondit-il. On doit continuer de monter encore un peu pour rejoindre leur habitat. Les conditions sont parfaites : le temps est sec et il n'y a pas de vent.

– Mais il fait un froid de canard, répliqua Daníel.

– Tant mieux ! Plus il fait froid, meilleures sont nos chances. Quand la température reste sous moins cinq degrés, c'est l'idéal. Elles se posent plus longtemps et s'envolent moins loin.

Helena ne se plaignait pas. Elle supportait bien le froid et avait même fini par l'apprécier.

– C'est quoi, comme animal ? demanda Daníel en

désignant une série d'empreintes de pattes laissées sur la neige, à leurs pieds.

Ármann baissa les yeux.

– Un renard. Mais on a peu de chances d'en croiser. Ils évitent les humains.

– Je vois. Dans ce cas, continuons…, soupira Daníel.

Sa voix avait légèrement tremblé, Helena aurait pu le jurer. Avait-il peur ?

Ármann

Il n'était pas censé neiger. Pas tout de suite. Et pourtant, les bourrasques s'abattaient à présent violemment sur eux, sans relâche.

Après une matinée tranquille et une pause déjeuner agréable dans un cadre magnifique, l'après-midi ne s'était pas passée comme Ármann l'avait prévu. Ils avaient marché des heures sur un terrain austère, et Helena et lui avaient dû s'arrêter maintes fois pour attendre Gunnlaugur et Daníel, qui commençaient à sérieusement fatiguer. L'apparition des nuages à l'horizon l'avait un peu inquiété, mais il avait décidé de faire confiance à la météo et n'avait pas dévié leur route. Il avait senti la tension monter dans le groupe, même chez Helena, qui ne parlait plus depuis un bon moment.

Et le blizzard s'était déchaîné, brutal et terrifiant, le prenant de court. Une violente rafale de vent avait soufflé sur le sol glacé, les forçant à s'arrêter pour ne pas tomber. L'instant d'après, d'énormes nuages noirs fonçaient vers eux à une vitesse incroyable, obscurcissant le ciel et emplissant l'air de tourbillons de neige aveuglants.

Ármann essaya de garder son calme. La tempête leur était tombée dessus par surprise, elle n'avait jamais été annoncée. Il savait pourtant mieux que personne que dans cette région, la météo était imprévisible tout au long de l'année, d'autant plus en novembre.

Bordel de merde.

Les trois autres s'étaient regroupés, ils resserraient leur capuche tout en tentant de garder l'équilibre face à la violence du vent. Ármann sentait qu'ils attendaient de lui qu'il les sorte de là – c'était du moins ce qu'il imaginait, car il ne distinguait pas leur visage à travers les tourbillons de neige qui les encerclaient. En temps normal, il retrouverait sans peine ce satané refuge, mais cette fois, il devait bien avouer – à lui-même, surtout pas à ses compagnons – que ce blizzard inattendu lui compliquait la vie.

– On va faire une petite pause ! leur lança-t-il, espérant que le vent n'emporte pas ses mots.

Helena hocha la tête.

– On attend cinq ou dix minutes et on voit si le temps se calme.

En s'entendant prononcer cette phrase, il se rendit compte que ce n'était pas la bonne décision. Dans un tel froid, mieux valait rester en mouvement pour ne pas geler sur place.

Il finirait par retrouver le refuge, il en était convaincu, mais il aurait mis beaucoup moins de temps s'il pouvait discerner quoi que ce soit autour de lui.

– Qu'est-ce qui se passe ? Je croyais que tu avais regardé la météo ? demanda Gunnlaugur.

Encore une fois, et peut-être plus que jamais, Ármann s'agaça de la présence de ce type, qui s'était comporté comme un salaud la nuit passée. Il avait eu la présence d'esprit de faire profil bas toute la matinée, il n'allait quand même pas la ramener maintenant ?

– Gunnlaugur, siffla-t-il entre ses dents, laissant percer son irritation, ne te gêne surtout pas pour rentrer, si c'est ce que tu veux !

Les pieds plantés dans le sol, il fixa son prétendu ami d'un regard noir.

– Quoi ? Non, bien sûr que non. Je ne compte pas partir. Où voudrais-tu que j'aille ?

Regardant autour de lui, Gunnlaugur sembla un instant vraiment chercher le chemin du retour.

– Oui, Gunnlaugur, où ? On est tous dans le même bateau, que ça nous plaise ou pas.

Ils étaient bons pour rentrer bredouilles de cette chasse à la perdrix, mais Ármann n'en avait rien à faire. Il voulait simplement guider le groupe jusqu'au petit refuge. Par temps clair, il devait être à une demi-heure de marche, mais dans une telle tempête, il ignorait combien de temps il leur faudrait pour l'atteindre. Une heure, peut-être deux ? S'il parvenait à retrouver le chemin du premier coup…

Daníel

Enjambant les congères et luttant contre les assauts du vent, Daníel s'efforçait de ne pas perdre ses amis de vue. Il savait qu'il n'y survivrait pas. Il peinait déjà à distinguer leurs silhouettes devant lui : Gunnlaugur, Ármann et Helena.

Il se rappelait nettement sa première rencontre avec Ármann et Helena. Le jour de la rentrée au lycée, il avait voulu arriver en avance pour obtenir la meilleure place dans la classe : dans le coin, tout au fond. Il ne connaissait presque personne dans ce nouvel établissement où ses parents l'avaient inscrit de force afin qu'il marche dans leurs pas – c'était dans ce lycée qu'ils s'étaient connus, avant de fonder plus tard leur entreprise. Seul Gunnlaugur l'avait suivi depuis le collège. Ils avaient été dans la même classe pendant dix ans, et Daníel se voyait déjà, non sans une pointe d'exaspération, devoir passer tout son temps avec lui. Après autant d'années, leurs liens étaient devenus trop solides pour parvenir à les rompre.

Le souvenir de cette journée de rentrée était encore

vif dans sa mémoire. Ármann et Helena s'étaient justement installés dans le coin de la salle de classe où il voulait s'asseoir. Comme il restait un siège libre à côté d'eux, il avait pris place et, un sourire timide aux lèvres, s'était présenté. Après des échanges crispés dans un premier temps, une amitié s'était peu à peu formée entre eux. Daníel n'était pas mécontent d'avoir fait d'une pierre deux coups en choisissant cette place : au moins, Gunnlaugur ne pouvait pas s'asseoir à côté de lui. Arrivé assez tard, il avait dû se contenter de la table de devant, presque collée au bureau du professeur. Sans voisin, il devait se réjouir qu'on laisse ses crayons et stylos en paix. À six ans, Gunnlaugur détestait déjà prêter ses affaires, et cela n'avait pas changé.

Après le bac, leurs chemins à tous s'étaient séparés. Gunnlaugur et Helena, les deux élèves les plus prometteurs de leur petit groupe, avaient rejoint l'université, lui en médecine puis en droit, elle en ingénierie. De son côté, Daníel avait décidé de concrétiser son rêve de devenir acteur en partant pour l'Angleterre. Ces premières années à Londres furent les meilleures de sa vie, meilleures encore que les précédentes. Le monde entier lui ouvrait ses portes, l'avenir lui tendait les mains. Puis, avec le temps, les portes avaient commencé à se refermer. Revenu en Islande après avoir obtenu son diplôme d'art dramatique, il avait travaillé dans différents théâtres locaux avant de repartir finalement à l'étranger, déterminé à rencontrer le succès. Les occasions s'étaient raréfiées et ne menaient jamais à rien, mais il s'était accroché, encore et encore, jusqu'à ce qu'il soit trop tard pour songer à changer de voie. Comme si au casino il s'acharnait à jouer le même numéro qui persistait obstinément à ne pas sortir. Jusqu'ici, en tout cas. Un jour, ses parents lui avaient dit de grandir, de prendre ses responsabilités et de penser sérieusement à son avenir. Il l'avait mal pris sur le moment, mais avec le recul, il comprenait leur désarroi. Locataire d'un petit appartement dans l'est de Londres, il peinait à boucler son budget chaque mois, de plus, il changeait régulièrement de petite amie – la dernière en date venait tout juste d'avoir vingt ans.

Bataillant contre les bourrasques qui lui fouettaient le visage, il peinait à suivre le groupe. Il se sentait comme un touriste dans son propre pays, il n'avait rien construit et ne possédait rien ; quand il comparait avec ses amis, un terrible sentiment de jalousie l'étreignait. En particulier envers Ármann.

Helena

Elle avait noté un léger flottement chez Ármann. Comme s'il n'était pas tout à fait certain qu'ils soient sur le bon chemin. Il le cachait bien, elle était seule à l'avoir remarqué. Personne ne le connaissait aussi bien qu'elle. Ils avaient toujours été là l'un pour l'autre.

Elle aurait remis son destin entre ses mains sans l'ombre d'une hésitation. Elle lui accordait une confiance sans doute encore plus grande que celle qu'il s'accordait à lui-même. Depuis toujours. Dès qu'il montrait le moindre signe de doute, elle était là pour lui redonner la foi.

Ármann les tirerait de là.

Cela ne faisait néanmoins pas si longtemps qu'elle avait dû elle-même le sortir d'un faux pas. Après le lycée, il était parti vivre au Danemark, dans l'idée de travailler un an ou deux pour mettre de l'argent de côté. Les mois passant, elle avait eu de moins en moins de nouvelles de lui. À vingt-deux ans, il habitait toujours à Copenhague, enchaînant les petits boulots sans véritable projet. Helena n'avait pas été surprise d'apprendre qu'il était tombé dans la drogue et que, s'il se contentait de consommer au début, il s'était rapidement mis à trafiquer.

Il avait toujours flirté avec les limites. Toujours eu un faible pour l'excès. Elle veillait sur lui, l'aidait à l'école, s'efforçait de le maintenir dans le droit chemin. Après son déménagement à l'étranger, elle lui avait rendu visite plus d'une fois pour essayer de le convaincre de rentrer, sans succès. Puis était venu le coup de téléphone qui, en dépit des apparences initiales, avait été une véritable bénédiction.

Ármann s'était cassé la jambe. Il était tombé dans un escalier, prétendait-il. Elle n'avait pas demandé plus de détails. S'agissait-il vraiment d'un accident ou bien d'une agression – vengeance d'un racketteur ou autre violence de ce genre ? Elle ne voulait pas le savoir. Il était de retour en Islande où il pouvait peu à peu se remettre sur pied, dans tous les sens du terme. Voilà ce qui comptait.

Ármann était un allié sûr, mais un ennemi dangereux. Mieux valait ne pas s'attirer ses foudres.

Gunnlaugur

Parfois, Gunnlaugur avait la sensation d'être plus spectateur qu'acteur de sa propre vie. Non, non, bien sûr, il ne restait pas les bras croisés, mais son travail demeurait monotone et il n'était ni assez bon pour se voir proposer une promotion, ni assez mauvais pour se faire licencier. Perdre son emploi aurait eu le mérite de le secouer un peu, de le faire repartir de zéro, de l'extirper des rouages dont il était prisonnier. Il n'aurait jamais le courage de quitter son poste de sa propre initiative. Cela représentait un trop grand risque. Et s'il ne retrouvait pas de boulot ? Après plusieurs mois sans salaire, il n'aurait d'autre choix que de supplier Ármann de l'embaucher… Accepterait-il ? Gunnlaugur n'en était même pas sûr.

Il se cramponnait à ce groupe de vieux amis – ses seuls amis, à vrai dire, même s'ils ne l'appelaient jamais à moins d'avoir besoin d'un conseil juridique, ou parce qu'ils se sentaient obligés de l'inviter lorsqu'ils organisaient quelque chose.

Voilà pourquoi, même si le cœur n'y était pas,

il s'était laissé convaincre de participer à ce week-end de chasse en embarquant le vieux fusil de son père. Et maintenant, il fallait croire que les dieux de la météo avaient décidé de les punir. Il aurait donné n'importe quoi pour être installé tranquillement chez lui. Il serait seul, certes, mais cela valait mieux que d'être coincé au beau milieu d'un désert de roche et de glace, en pleine tempête. Et même si Ármann parvenait à retrouver ce refuge dont il leur avait parlé, l'idée de passer la nuit en totale promiscuité avec ses amis ne réjouissait guère Gunnlaugur. Surtout après l'incident de la veille...

Et peut-être devraient-ils rester plus d'une nuit ? songea-t-il soudain avec appréhension. Les tempêtes de ce genre pouvaient durer longtemps.

Ármann s'immobilisa.

– C'est ici, de l'autre côté de la colline ! s'écria-t-il par-dessus le hurlement des bourrasques enneigées. J'en suis presque sûr.

Gunnlaugur jeta un coup d'œil à Helena et Daníel. Ils s'étaient arrêtés eux aussi et semblaient échanger quelques mots.

Lorsque Ármann se remit en route, Gunnlaugur le suivit de près, mû par un regain d'énergie à la perspective d'être bientôt à l'abri.

Un instant plus tard, le refuge apparut enfin. Jamais il n'avait éprouvé un tel soulagement, une telle reconnaissance en voyant une simple maison. Accélérant le pas, il atteignit la porte avant Ármann et essaya de l'ouvrir, sans succès.

– On pourrait casser une vitre ? proposa-t-il en

grelottant après que ses camarades eurent eux aussi échoué à l'ouvrir.

– Casser une vitre ? Je te rappelle qu'on est censés s'y abriter pour la nuit ! rétorqua Ármann.

Inspirant profondément, Gunnlaugur essaya de rester calme. Il suggéra d'appeler les secours, mais la réponse fut tout aussi glaciale.

– Bon, ça suffit. On va casser cette foutue boîte à clés, on la remplacera plus tard, conclut Ármann après quelques échanges houleux.

Il attrapa son fusil accroché dans son dos puis tapa sur la boîte jusqu'à ce qu'elle se détache. Une fois la porte ouverte, Gunnlaugur suivit Helena et Ármann à l'intérieur, tandis que Daníel lui emboîtait le pas.

Il faisait noir comme dans un four. Gunnlaugur balaya lentement l'intérieur du refuge avec le faisceau de sa lampe. Quand il éclaira le fond de la pièce, il laissa échapper un cri de terreur et recula brusquement, heurtant Ármann ; tous deux s'effondrèrent sur le sol.

Daníel

Le silence retomba, plus profond que jamais.

Daníel fit quelques pas tout en jetant des coups d'œil à droite et à gauche, mais rien n'attira son attention. Il dirigea alors sa lampe devant lui, vers le mur opposé à la porte d'entrée.

Face à la vision absurde et macabre qui s'offrit à son regard, son cœur s'arrêta l'espace d'une seconde. Il essaya de crier, mais ne put émettre le moindre son. Pétrifié, il se contentait de regarder fixement droit devant lui. Jamais il n'avait été aussi terrifié.

Ils reculèrent tous ensemble en une mêlée confuse et un instant plus tard ils étaient ressortis du refuge, à nouveau exposés au froid mordant qui ne faiblissait pas.

– Qu'est-ce… Qu'est-ce que c'était ? parvint à souffler Daníel, tremblant de tout son corps au point qu'il peinait à former le moindre mot.

Il regarda ses amis un à un.

Avait-il rêvé ? Eu une hallucination ? Après sa lutte sans merci contre la tempête, il était à bout de forces, autant mentalement que physiquement, et ses yeux devaient l'avoir trompé. C'était la seule explication sensée.

Et pourtant… pourtant, ils avaient tous eu la même réaction de fuite, et il sentait peser sur eux une atmosphère étrange, une sorte de peur indéfinissable alors que les secondes s'écoulaient avec une telle lenteur qu'il ne le supportait plus, il avait envie de crier, de hurler à pleins poumons en direction du ciel, de hurler sur ce blizzard qui lui répondait avec toujours plus de violence et de cruauté. La tempête refusait de se calmer et ils étaient coincés là, dehors, à quelques pas de leur refuge, cette cabane où ils n'osaient plus entrer. Il aurait tout donné pour être ailleurs, avec d'autres gens, dans un autre pays.

Gunnlaugur prit la parole :

– Je… je ne sais pas. C'était un homme, non ? Un homme armé d'un fusil ?

Clairement, Daníel n'avait pas halluciné. Le froid resserra ses griffes sur lui, du haut de son crâne jusqu'à ses orteils, et il se mit à grelotter encore plus fort, ce qu'il n'aurait pas cru possible.

– C'est… c'est…, balbutia Helena sans parvenir à aller plus loin.

– Oui, un homme, souffla Daníel.

– Il, il…, commença Helena, s'interrompant de nouveau.

– Vous croyez qu'il est vivant ? demanda Ármann, fébrile.

S'apprêtant à répondre, Daníel se rendit compte qu'il n'en était pas sûr. L'homme semblait bel et bien vivant, mais il n'avait pas bougé d'un cil ; assis sur une chaise dans un coin sombre, il s'était contenté de les regarder fixement. Il brandissait un fusil – un fusil de chasse, *a priori*. Cette vision avait tétanisé Daníel tandis que dans sa poitrine son cœur s'emballait, au bord de l'implosion. Encore sous le choc, il était traversé par des pensées angoissantes. Lui qui n'avait jamais eu peur du noir, il ne pouvait s'empêcher de se demander comment il pourrait à nouveau trouver le sommeil. Il se sentait physiquement incapable de remettre un pied dans ce refuge, tout son être s'y refusait ; cependant, par une ironie du sort, une mort certaine l'attendait s'il restait dehors dans cette tempête. À moins que…

– On pourrait s'en aller ? demanda-t-il, même s'il connaissait déjà la réponse.

– S'en aller ? répéta Gunnlaugur, une lueur d'espoir dans le regard.

– Ce n'est pas une bonne idée, non… Il faut au moins…, commença Ármann.

Il hésita, jeta un rapide coup d'œil à Helena, comme s'il cherchait son approbation, puis reprit :

– Il faut au moins qu'on retourne à l'intérieur et qu'on essaie de discuter avec… de comprendre ce qui se passe. Qu'on trouve une solution. Après tout, nous sommes quatre et il est seul.

– Il est vivant, hein ? dit Gunnlaugur.

– Il en avait l'air, acquiesça Daníel. Oui, il est forcément vivant. Forcément…

Il n'était pas certain de l'option qu'il préférait : un cadavre ou un homme bien vivant qui les attendait, assis dans le noir, immobile et silencieux, un fusil entre les mains.

Gunnlaugur

– Hors de question que je retourne là-dedans, protesta Gunnlaugur.

Il n'avait pas voulu prononcer cette phrase à voix haute, mais la peur avait pris le contrôle.

– Arrête tes conneries, siffla Ármann. On retourne à l'intérieur et on avise. Ou si vous préférez, vous pouvez rester là et congeler sur place, ça ne me pose aucun problème.

Il ne regardait pas Helena. Ces mots n'étaient destinés qu'à Gunnlaugur et Daníel. Comme s'il savait que quoi qu'il advienne, elle serait toujours de son côté, assurant ses arrières.

Ármann se dirigea vers la petite maison, une simple pièce rectangulaire pourvue de quatre fenêtres. Hésitant, Gunnlaugur se tourna vers les deux autres ; il vit Helena se mettre en marche, aussitôt suivie de Daníel. Leurs silhouettes furent vite brouillées par la neige, puis il distingua la porte qui s'ouvrait et se refermait. Ils étaient entrés.

Lui resta pétrifié. Il se sentait réellement incapable

de retourner dans cette maison. Mais bientôt, seul dans le froid glacial et le blizzard, son corps parcouru de frissons intenses, il se rendit à l'évidence : il n'avait pas le choix. Il devait se faire violence et affronter sa peur s'il ne voulait pas mourir.

Il s'approcha doucement du refuge. Par la fenêtre, il discernait les faisceaux des lampes torches de ses amis. Arrivés avant lui, ils feraient écran si la situation tournait mal, ils le protégeraient. Et puis, se souvint-il tout d'un coup, il avait son fusil. Il fouilla dans son sac à la recherche de munitions qu'il finit par trouver, malgré le vent et la neige qui pénétrait partout. Il passa sa main dans son dos et s'empara de son arme. Les doigts gourds, sans cesser de trembler, il la chargea.

Un peu rassuré, il comprit avec stupéfaction qu'Ármann s'était précipité à l'intérieur sans prévoir la moindre solution de défense. C'était tellement typique. Toujours aussi irresponsable, toujours aussi sûr de lui. Cette assurance lui avait permis d'avancer dans la vie, mais c'était à se demander si elle ne finirait pas par causer sa perte.

Alors, s'extirpant des griffes de la tempête de neige, Gunnlaugur s'engouffra dans ce refuge qui portait décidément bien mal son nom.

Non sans avoir déverrouillé le cran de sûreté de son arme. Simple précaution.

Helena

Elle observa l'homme assis dans son coin, parfaitement immobile.

Elle ne l'avait jamais vu. Il semblait plutôt jeune, environ vingt-cinq ans, même si c'était difficile à affirmer dans la pénombre environnante, seulement trouée par la lueur vacillante de leurs torches.

Helena se tenait derrière Ármann et Daníel la suivait de près, tandis que Gunnlaugur devait encore se trouver dehors. *A priori*, il ne les avait pas suivis à l'intérieur ; concentrée sur ce qui se passait devant elle, elle ne s'était pas retournée pour s'en assurer.

Ármann dirigea le faisceau de sa lampe sur l'inconnu qui, ébloui, ferma les yeux.

– Ça va, mon vieux ? Qu'est-ce que vous faites ici ? demanda-t-il.

Sur leurs gardes, les trois amis faisaient bloc, se tenant près de la porte, aussi éloignés que possible de la silhouette immobile dans l'espace restreint du refuge. L'homme ne répondit pas ; il rouvrit les yeux et les fixa de nouveau. Il ne fit pas un geste, n'eut pas l'air plus menaçant. Il les dévisageait juste en silence, les mains serrées sur son fusil.

– C'est quoi, votre nom, dites ? fit Ármann d'un ton amical mais ferme. Tout va bien ?

Aucune réponse.

Entendant un bruit derrière elle, Helena jeta un coup d'œil par-dessus son épaule. Gunnlaugur venait d'entrer, son arme à la main.

– Qu'est-ce que tu fais avec ton fusil, Gunnlaugur ? s'exclama-t-elle d'une voix étranglée en se retournant vers lui d'un bond. Range-le !

La nuit précédente, elle s'était promis de ne plus jamais lui adresser la parole, mais l'urgence de la situation anéantit cette résolution. Gunnlaugur fit un pas en arrière tout en maintenant sa prise sur son fusil.

– Je veux juste… Je préfère être prudent. Je ne veux pas courir le moindre risque.

Il paraissait de plus en plus fébrile. Soudain, il leva son fusil et le pointa en direction du jeune homme.

– Gunnlaugur, arrête tes conneries ! lança Helena. Baisse ton fusil, tu pourrais blesser n'importe qui !

Une vague de stress la traversa. Elle sentait Gunnlaugur à deux doigts de craquer, bientôt submergé par l'enfermement, le climat hostile et la peur, mêlés au sentiment de rejet dont il faisait l'objet dans le groupe. Elle devait à tout prix éviter qu'il passe à l'acte, et que l'un d'entre eux soit touché par une balle perdue.

– Baisse ton fusil, répéta-t-elle fermement, s'efforçant de rester calme et de capter son regard.

Leurs yeux se rencontrèrent et la jeune femme sentit un malaise familier la gagner. La nuit passée, l'intrusion angoissante de Gunnlaugur, qu'elle n'avait pu contrôler seule, avait réveillé en elle une sensation d'impuissance dont elle se croyait débarrassée : comme si, à bout d'oxygène, elle se noyait sans pouvoir rien y faire. Quand cela l'envahissait totalement, elle finissait toujours par penser qu'elle ferait mieux de se laisser couler et mourir plutôt que de lutter plus longtemps.

C'est ce qu'elle avait éprouvé pendant des mois après la mort de Víkingur, et même aujourd'hui, cinq ans plus tard, elle était loin de s'en être remise. Cela avait tout changé. Avant, elle était puissante, invincible. Avant, la mort était un concept lointain qui ne touchait que les autres. Víkingur et elle formaient un couple invulnérable. Elle avait été amoureuse de lui dès le premier instant, et jusqu'à son dernier souffle. Pour ajouter à son chagrin, elle n'avait même pas pu lui faire ses adieux, même pas pu voir son corps, malgré ses maintes réclamations.

À cet instant, alors qu'elle aurait dû se concentrer sur tout autre chose – le froid, la tempête, l'homme au fusil –, Víkingur se matérialisa soudain dans son esprit. Elle aurait tant aimé qu'il soit là, auprès d'elle. S'il avait été là, il n'y aurait eu aucun problème.

Ármann

– Gunnlaugur, écoute-la, intervint Ármann sur un ton impérieux.

Tout entier tourné vers Gunnlaugur, il hésitait à s'approcher de lui, peinant à évaluer jusqu'à quel dangereux précipice son affolement pouvait le mener – ses yeux écarquillés brillaient d'une lueur inquiétante, ses mains tremblaient, crispées sur le fusil… Ármann se rendit compte qu'il ne connaissait plus assez bien son ami d'autrefois pour pouvoir prédire sa réaction.

Alors, en un instant, le souvenir d'une autre réaction de Gunnlaugur, à une période décisive de sa propre vie, traversa son esprit.

Ármann était coincé à Copenhague, la jambe fracturée, l'âme et le corps cassés. Il avait dit à Helena qu'il était tombé dans un escalier, mais la vérité était bien plus laide. Il s'était mis à dos un malfrat aux méthodes musclées : Ármann lui devait de l'argent et ne voulait plus vendre de drogue pour lui. Pour avoir tenté d'échapper à la prison, il avait fini à l'hôpital, seul et abandonné. Helena s'était dévouée pour le sauver. Il s'était obstiné dans son histoire de chute, mais lui avait tout de même avoué avoir une dette à rembourser. Elle avait alors récolté de quoi l'aider à régler ses comptes et le ramener en Islande pour un nouveau départ.

Il avait repris sa vie en main et enterré à tout jamais ce passé douloureux. Helena l'avait sorti de cette mauvaise passe avec le soutien de bons amis, qui seuls connaissaient son histoire : Daníel, Gunnlaugur, et deux ou trois autres vieux copains. Tout le monde avait gardé le secret. Tout le monde avait serré les rangs autour de lui. Tout le monde, sauf Gunnlaugur.

Helena le lui avait confié plus tard. Ils avaient tous contribué à la cagnotte qu'elle avait mise en place pour le sauver, alors qu'ils étaient loin de rouler sur l'or. Tous sauf Gunnlaugur, qui n'avait répondu à aucun de ses messages. Lorsqu'elle s'était décidée à l'appeler, il lui avait dit qu'il ne participerait pas, qu'il n'avait pas d'argent à disposition, et que quand bien même, il considérait que chacun était responsable de sa propre vie.

Responsable de sa propre vie.

Ces mots avaient longtemps résonné dans la tête d'Ármann. Chaque jour, mois après mois, année après année, il s'était ressaisi, travaillant d'arrache-pied sans jamais baisser les bras. Il avait abandonné la drogue et fini par réussir à se tirer du gouffre dans lequel il était plongé. Les bons jours, il se disait que peut-être, les mots sans pitié de Gunnlaugur avaient nourri sa détermination à s'en sortir ; mais, en vérité, il savait que le souvenir de ces paroles nourrissait au fond de lui une profonde colère. Et que tôt ou tard, il revaudrait à Gunnlaugur son absence de soutien.

Ármann cligna des yeux, revenant au présent. Cela devrait attendre. À cet instant, la priorité était de dissuader Gunnlaugur d'utiliser son arme.

Daníel

Daníel le comprit instantanément : Gunnlaugur n'écoutait pas Ármann et Helena. Posté dans le cadre de la porte, il brandissait toujours son fusil, le doigt frôlant la détente, le canon visant l'inconnu assis dans son coin. Daníel voyait bien ce que tentait de faire Gunnlaugur, mais l'homme, aucunement dissuadé, braquait toujours son arme ; plutôt que de neutraliser la situation, ce brusque revirement augmentait fortement la menace qui pesait sur eux. Incapable de se rendre compte de ce qu'il provoquait, Gunnlaugur, le regard halluciné, paraissait totalement imprévisible, et bien sûr, ni Daníel ni les deux autres n'étaient assez fous pour s'interposer.

Tout cela risquait de finir en tragédie, et le principal danger semblait émaner de l'un d'entre eux, et non de cet inconnu armé. Daníel essayait sans succès de surveiller les deux hommes à la fois. L'obscurité n'arrangeait rien. Ils avaient tous remplacé leur lampe frontale par une lampe torche, et il ne pouvait orienter le faisceau de la sienne que dans une direction à la fois. Dès qu'il se tournait vers Gunnlaugur, il avait l'impression que l'inconnu bougeait, qu'il bondissait de son siège, s'élançant vers lui… Dans un sursaut de terreur, il faisait alors volte-face.

Et quand il braquait de nouveau sa lampe vers le fond du refuge, le cœur près d'exploser, il éclairait invariablement l'homme, assis à sa place, figé. On aurait dit que rien ne l'affectait, pas même Gunnlaugur qui brandissait son fusil et semblait hors de contrôle. C'était cela, le plus angoissant : l'immobilité parfaite de ce type. On pouvait presque le prendre pour un cadavre ; seuls ses yeux ouverts, au regard vif, révélaient qu'il était bien conscient, et qu'il les observait. Sans parler de son arme, toujours fermement maintenue entre ses mains.

Daníel se retourna de nouveau en hâte : le ton montait dangereusement entre Gunnlaugur et Ármann.

– J'ai le droit de me défendre, que ça vous plaise ou non ! s'écria Gunnlaugur en resserrant encore sa prise sur son fusil.

Il se trompe, se dit Daníel. Dans un moment pareil, ils devaient faire front ensemble, se protéger les uns les autres du danger qui les menaçait. C'était le propre de l'amitié.

Alors que cette profession de foi lui traversait l'esprit, il sentit son ventre se contracter ; il savait d'expérience qu'elle n'était pas toujours suivie d'effets.

– Mais nous sommes dans le même pétrin ! lança-t-il. Bon sang, Gunnlaugur, il y a un homme armé assis juste là qui ne dit pas un mot et qui nous fixe, Dieu seul sait ce à quoi il pense, et je… je suis gelé, et je donnerais n'importe quoi pour être loin d'ici. Je ne sais pas ce qu'on doit faire, je ne sais pas où et comment on va enfin pouvoir se reposer. J'ai juste envie de fermer les yeux, mais je sais que ce n'est pas possible, j'ai les jambes engourdies et j'ai mal partout, mais… mais je ne veux pas me prendre une balle perdue juste parce que tu as aussi peur que moi. S'il te plaît, repose ce fusil…

À bout de forces, il se tut et se rendit compte dans l'instant qu'il avait regardé Gunnlaugur pendant tout son long discours. Ármann et Helena le fixaient eux aussi. Plus personne ne surveillait l'homme. Il fallait qu'il se retourne, mais il ne parvenait pas à s'y résoudre, persuadé que l'inconnu se tenait là, juste derrière lui…

Gunnlaugur

Gunnlaugur s'efforçait d'ignorer tout ce capharnaüm. Il tenait bon, concentré sur son fusil, qu'il ne laisserait personne lui prendre. Le vent glacial s'engouffrait à l'intérieur par la porte restée ouverte, mais il n'en avait que faire. De toute façon, le froid piquait autant dans le refuge que dehors.

Tout le monde lui criait dessus – même Daníel s'y était mis. C'était censé être son ami, et pourtant il l'accablait de reproches incompréhensibles. Ils étaient ligués contre lui, sans compter ce putain de cinglé qui ne bougeait pas de sa chaise. Il avait l'air dangereux. Il allait forcément leur faire du mal. Pourquoi les autres ne le voyaient-ils pas ?

Il était seul dans cette épreuve. Une fois de plus, l'idée qu'il ne faisait pas réellement partie de ce groupe le frappa. Alors, venant des profondeurs, un soupçon s'insinua dans son esprit : était-ce l'un de ses soi-disant amis qui lui avait envoyé cette lettre ? *Était-ce possible ?*

Celle qui avait presque fait basculer sa vie entière. Elle l'attendait un matin sur son bureau au travail, dans une enveloppe tout à fait ordinaire avec son nom ainsi que celui du cabinet d'avocats imprimés sur la face avant. Il pouvait s'agir de n'importe quel document provenant d'un collègue ou d'un client. Un courrier de plus à ajouter à la pile qu'il devait traiter chaque jour – toujours la même routine. Mais celui-ci était différent.

Depuis, il pensait à cette lettre tous les jours. Terrifié, il attendait que son auteur mette à exécution les menaces qu'elle contenait. Il espérait bien sûr que cela n'arriverait jamais, mais dans ses moments de faiblesse, il se sentait vaciller et presque le souhaiter – cela mettrait un point final à cette affaire, une bonne fois pour toutes.

Après l'avoir reçue, il n'avait pu avancer dans la moindre tâche pendant une semaine. Son supérieur, pourtant peu sensible, lui avait même demandé si tout allait bien, s'il ne couvait pas quelque chose. Gunnlaugur l'avait pris au mot et, prétextant un début de grippe, s'était absenté quelques jours. Cela ne l'avait pas aidé. Seul dans sa petite maison de banlieue à Mosfellsbær, il n'avait rien d'autre à faire que penser à la lettre et à son travail. Il aurait voulu dormir toute la journée, au lieu de quoi il passait son temps devant la télévision. Finalement, il avait bien fallu reprendre la routine, essayer de vivre sa vie comme si personne ne savait quoi que ce soit. Comme s'il n'avait rien fait de mal.

Peut-être était-ce sa punition ? Ce voyage, ce week-end de chasse. Il agrippa son fusil des deux mains.

Il entendit alors de nouveau la voix de Daníel et s'efforça de l'écouter.

– Tu m'entends, Gunnlaugur ? Nous avons tous peur. Nous sommes tous du même côté. S'il te plaît, lâche ce fusil…

Helena

Étrangement, le petit discours de Daníel eut l'effet escompté. Gunnlaugur semblait se calmer un peu.

Cela n'avait rien de très étonnant. C'était une chiffe molle, il n'aurait pas su leur résister très longtemps. Il n'avait pas d'autres amis, du moins était-ce l'impression qu'elle avait en le suivant d'un œil sur ses réseaux sociaux désertiques.

– Qu'est-ce que... qu'est-ce qu'on fait, alors ? murmura-t-il en baissant son fusil.

Il réenclencha le cran de sûreté. Elle inspira profondément. Cela aurait vraiment pu mal tourner, et c'était Daníel qui était parvenu à l'apaiser.

Il avait su se montrer convaincant.

... Je suis gelé, et je donnerais n'importe quoi pour être loin d'ici...

Daníel avait paru si sincère. Il avait un don pour toucher les gens.

... je ne veux pas me prendre une balle perdue juste parce que tu as aussi peur que moi...

Bravo.

Pourtant, elle ne pouvait jamais dire avec certitude quand il parlait sérieusement ou quand il faisait semblant.

C'était l'un des pires défauts de Daníel – qui en possédait bien d'autres : il était *trop* bon comédien, l'avait toujours été, bien avant d'entamer formellement sa carrière. Ce talent lui permettait de tisser des liens avec les personnes les plus improbables, il était capable de faire naître chez les autres des sentiments à partir de rien. Sa dernière petite amie en date ne semblait pas avoir plus de dix-neuf ans, mais il avait visiblement réussi à la subjuguer.

Lui aussi, Helena le suivait de loin sur les réseaux sociaux. Il avait publié de nombreuses photos de sa jeune compagne, alors qu'il ne leur en parlait pas beaucoup. Il évoquait plus volontiers son succès à Londres, ses pièces de théâtre et ses projets prometteurs. Elle ne l'avait pas vu jouer depuis des années, sans doute depuis son départ pour l'Angleterre, mais rien ne semblait pouvoir l'arrêter – s'il n'exagérait pas, ou ne leur mentait pas purement et simplement.

Ce ne serait pas une surprise, venant de lui.

Helena lisait en lui comme dans un livre ouvert, ce dont peu de gens étaient capables. Elle voyait la part sombre qu'il cachait derrière ce joli masque. Quelque chose qui attirait les autres, même si au fond ils se doutaient probablement qu'ils se fourvoyaient.

Elle, en tout cas, ne se laissait plus tromper.

Ármann

– Ferme la porte, Gunnlaugur, ordonna Ármann.

L'air froid entrait depuis de longues minutes à l'intérieur du refuge. Maintenant que Gunnlaugur était plus calme, il pouvait enfin attirer son attention sur la porte restée ouverte.

Ármann aurait aimé lui prendre le fusil des mains, mais il valait mieux procéder par étapes. Il avait beau s'estimer capable de le maîtriser, il ne lui faisait pas confiance. Gunnlaugur cachait bien son jeu, il était plus hardi qu'il ne le paraissait ; de manière générale, la peur provoquait des effets imprévisibles chez les gens, et il venait de prouver qu'il pouvait se révéler dangereux sous la pression.

De son côté, Ármann se laissait rarement déstabiliser. Il savait garder le contrôle en toutes circonstances, excepté sa fameuse mauvaise passe au Danemark, même s'il avait eu l'intelligence à cette époque de tout arrêter, de rentrer en Islande et de tourner la page. Ce n'était pas rien, il pouvait en être fier.

À présent, il fallait qu'ils parlent tous les quatre.

– Approchez-vous, murmura-t-il en dirigeant sa lampe torche vers ses compagnons.

Sans grande surprise, il avait du mal à attirer leur attention. Toujours terrifié, Gunnlaugur ne cessait de jeter des coups d'œil à l'homme assis dans son coin, tandis que Daníel semblait sur le qui-vive. Malgré leur trouble, les trois obtempérèrent, formant un cercle resserré autour d'Ármann.

– On ne peut pas rester comme ça, il faut que quelqu'un parle à ce type, dit Helena à voix basse.

– Pas moi, c'est hors de question, répliqua Gunnlaugur. Plutôt mourir. Vous ne pouvez pas me forcer. C'est juste… Vous allez devoir… L'un d'entre vous…

Ármann soupira. Il n'était pas surpris. Toujours la même lâcheté, le même égoïsme. Gunnlaugur avait-il déjà fait un geste pour quelqu'un d'autre ?

– Du calme. Personne ne te demande de faire quoi que ce soit.

– On ne va pas tirer à la courte paille, ou jouer à pile ou face ou un autre truc du genre…

– Il n'a jamais été question de ça, répondit Ármann en essayant de garder son sang-froid. Tu peux te détendre.

– Personne ne peut se détendre dans des conditions pareilles ! siffla Gunnlaugur en le regardant enfin dans les yeux.

– Il lui est sans doute arrivé quelque chose, on peut peut-être l'aider, suggéra Helena. Vous voulez que j'essaie ?

Ármann secoua la tête et baissa encore la voix, désormais à peine audible.

– Pas question. Ce sera Daníel ou moi. On aura le dessus si ça tourne mal. En tout cas, on ne peut pas passer la nuit ici avec un type armé dans la pièce. On doit faire quelque chose, au moins lui parler. Il a l'air bien équipé contre le froid, et vu comment il tient son fusil, je dirais qu'il est parfaitement conscient. Mais il a dû se passer quelque chose…

Il se tourna vers Daníel et lorsque le faisceau de sa lampe éclaira les yeux de son ami, il y lut une forte appréhension. Il prit les devants.

– Je vais m'en charger. Restez attentifs et assurez mes arrières.

– Tu es sûr ? souffla Daníel, masquant mal son soulagement.

– Oui, je suis sûr, répliqua Ármann d'un ton peut-être un peu trop vif. Ne t'inquiète pas. Je vais y aller en douceur.

Il balaya le groupe du regard et observa leurs réactions, autant que le lui permettait la lueur fantomatique de sa lampe torche. Gunnlaugur et Daníel étaient visiblement terrifiés.

Il se retourna, son fusil sur l'épaule, et serra ses doigts autour de sa lampe.

Le refuge était une cabane disponible en cas d'urgence, pas un chalet confortable ; juste assez grand pour accueillir quatre personnes, il était conçu pour fournir aux randonneurs qui en avaient besoin un abri de fortune contre les éléments. Son mobilier rudimentaire se cantonnait à une petite table, deux tabourets et deux lits superposés placés au fond, près de l'endroit où se tenait l'homme. Une courte distance le séparait d'Ármann. Quelques mètres, six ou sept pas tout au plus. Sans même jeter un coup d'œil par-dessus son épaule, il sentit les regards de ses trois compagnons fixés sur lui.

Daníel

Daníel ne lâchait pas Ármann des yeux.

En dépit de son malaise grandissant, il était déterminé à ne pas flancher, à ne montrer aucun signe de faiblesse. Il ne devait pas laisser la panique l'envahir. Tout finirait par s'arranger. Il s'était répété ce mantra tout au long de la journée, afin de garder l'espoir de rentrer sain et sauf à la maison.

Ármann avançait d'un pas lourd et lent. Chaque fois qu'il posait un pied par terre, la cabane semblait craquer de toutes parts, mais ce devait être l'effet de son imagination. Il aurait de toute façon été impossible d'entendre le parquet grincer avec le vacarme de la tempête. À ce stade, on aurait presque pu parler d'un ouragan.

Un instant, Daníel avait envisagé de se porter volontaire pour aller s'entretenir avec l'inconnu – à contrecœur, évidemment. Pour se prouver qu'il en était capable, peut-être, ou pour susciter l'admiration de ses amis. Mais à quoi bon ? Qu'avait-il à prouver ? Qu'aurait-il gagné à jouer les héros ? Il était loin d'en être un, et ce n'était un secret pour personne.

La pensée qu'il pourrait mourir bientôt noya soudain toutes les autres. Son corps se figea dans une subite torpeur, sa vue se troubla, il faillit perdre l'équilibre.

Bordel de merde. Il fallait qu'il se reprenne.

Ça va s'arranger.

Ça va s'arranger…

Mais non, il n'arrivait pas à s'en persuader.

Gunnlaugur

Gunnlaugur demeurait collé à la porte d'entrée en dépit du vent froid qui s'insinuait encore par quelques interstices. Il voulait non seulement rester à distance du coin où l'homme était assis, au cas où les choses dégénéreraient, mais également se tenir le plus loin possible de Helena.

Malgré l'urgence de la situation, il ne pouvait s'empêcher de penser à la nuit précédente, même s'il ne s'en souvenait que partiellement. D'une certaine manière, il s'estimait heureux de n'avoir conservé que quelques bribes de ce qui s'était passé après que l'alcool avait pris le dessus sur sa raison. Il fallait maintenant espérer que Helena n'irait pas plus loin. Que le sujet ne serait jamais abordé en dehors de leur groupe. Il n'avait aucune envie de voir cette histoire circuler dans son entourage… Vraiment aucune.

À l'origine, ses intentions n'étaient évidemment pas mauvaises. C'était du moins ce dont il essayait de se convaincre : qu'il se serait arrêté même si Ármann n'avait pas déboulé dans la chambre. Même s'ils n'avaient été que tous les deux dans ce pavillon de chasse loin de toute civilisation. Seuls au monde...

Imitant Helena et Daníel, Gunnlaugur dirigea le faisceau de sa lampe sur Ármann. Le coin du refuge, puissamment éclairé, contrastait avec l'obscurité environnante.

– Tout va bien ? demanda Ármann à l'inconnu.

Les cheveux coupés court, celui-ci semblait jeune et dégageait une certaine vigueur qui ne rendait son absence de réaction et sa parfaite immobilité que plus perturbantes.

Gunnlaugur peinait à distinguer ce qu'Ármann lui disait à travers le souffle assourdissant du vent qui hurlait, secouant les murs en bois du refuge.

Une étrange tension flottait dans l'air, comme si, en dépit des éléments déchaînés dehors, ce n'était encore que le calme avant une terrible tempête. Gunnlaugur priait pour que cet homme s'exprime enfin, pour qu'il leur dise de ne pas s'inquiéter, que tout allait bien. Après cela, ils trinqueraient tous ensemble avec ce cognac que Helena avait apporté. Il rêvait d'en boire une gorgée. Voire deux. Il ne pouvait imaginer contexte plus approprié pour savourer ce doux nectar, un véritable remède pour mieux supporter le froid, calmer ses nerfs, se remettre d'aplomb. Il méritait un petit remontant, mais pas tout de suite. Pas avant qu'Ármann ait désamorcé la situation. Pas avant que cet homme ait posé son arme. Les mains toujours serrées sur son propre fusil, Gunnlaugur ne comptait pas lâcher prise avant d'être sûr que rien ne pourrait lui arriver.

Ármann reprit :

– Tout va bien, mon vieux ?

Le son de sa voix se noya dans une bourrasque, et Gunnlaugur eut presque envie de se rapprocher.

L'homme n'avait toujours pas répondu. En fait, il ne semblait même pas avoir entendu la question.

Ármann attendit une seconde puis les regarda par-dessus son épaule, une expression indéchiffrable sur le visage. Il se tourna de nouveau vers l'homme, doucement et en gardant un peu de distance, comme pour ne pas l'alarmer.

Puis, regardant une nouvelle fois ses amis, il secoua la tête.

Helena

Ármann se rapprocha d'eux, l'air abattu. Il posa sa main sur l'épaule de Helena, comme pour lui signifier que tout se passerait bien. Elle l'espérait sincèrement, mais vu la tournure que prenaient les événements, rien n'était moins sûr.

Le geste d'Ármann lui fit du bien, et elle s'autorisa à laisser aller ses pensées quelques secondes. On était samedi soir. Le samedi, elle avait pris l'habitude de rendre visite à Víkingur, au cimetière. C'était difficile à expliquer, mais elle s'y sentait toujours bien. Pousser la grille de ce havre de paix et savoir qu'elle s'apprêtait à le retrouver, même s'ils ne pouvaient se parler, lui apportait un certain réconfort. L'été, la végétation embellissait le lieu qui devenait pour elle un abri verdoyant et fleuri, un rempart contre la froide réalité du monde. Mais c'était l'hiver qu'elle parvenait le mieux à se connecter avec le cimetière et avec Víkingur, car c'était en hiver qu'il avait perdu la vie. Seul, abandonné, le corps pris dans les glaces.

Souvent, elle s'attardait un long moment sur sa

tombe et se confiait à lui, de préférence quand les alentours étaient déserts. Elle avait un peu honte de parler ainsi dans le vide. Elle savait bien qu'il ne l'entendait pas, mais elle trouvait une forme d'apaisement dans ces moments privilégiés, évoquant le passé, l'avenir, ce qu'ils auraient pu améliorer, ce qu'ils avaient fait de bien. La majorité de leurs jours ensemble avaient été heureux.

Elle aurait tant voulu être à Reykjavík à cet instant. Avec lui. Elle avait coorganisé ce voyage, mais désormais, elle craignait la catastrophe. Il fallait qu'elle ignore cette peur qui la rongeait, qu'elle reste forte. Les fusils, la tempête, leur sentiment de solitude, d'angoisse, d'incertitude, tout cela formait un cocktail explosif et dangereux, et à ce qu'il semblait Gunnlaugur était l'élément imprévisible, l'étincelle qui pouvait embraser la poudrière. Elle ne l'aurait jamais cru, mais l'incident de la nuit passée, l'alcool, le sentiment d'insécurité et la peur étaient des indices à ne surtout pas ignorer.

Elle se rapprocha d'Ármann, ne serait-ce que pour s'éloigner un peu plus de Gunnlaugur.

– Qu'est-ce qu'il a dit ? lui demanda-t-elle.

– Absolument rien, grogna Ármann.

– Quoi ? lança Gunnlaugur en faisant un pas vers eux.

– Il n'a rien dit. Je ne comprends pas. Il reste juste assis là, à braquer son fusil.

– C'est complètement dingue, commenta Daníel, sa voix trahissant l'inquiétude qui le submergeait. On fait quoi alors ? Ármann, on fait quoi ?

– Il est vraiment en vie ? demanda Gunnlaugur.

Se tournant vers lui, Ármann lui répondit avec agressivité :

– Bien sûr qu'il est en vie, bon sang ! Regarde-le !

Ármann

Toujours en proie au doute, Gunnlaugur semblait se renfermer en lui-même, le regard fuyant, l'expression insondable. Comment cet homme pouvait-il exercer le métier d'avocat ? Un avocat devait savoir encaisser des coups pour son client, avoir du répondant, qualités dont Gunnlaugur manquait cruellement. S'étendre pendant des heures sur des sujets sans importance, tuer toute conversation intéressante avec des incursions hors de propos, ça, il savait faire, mais jamais il n'aurait pu remporter un débat ayant un véritable enjeu. Peut-être le chargeait-on exclusivement de tâches dérisoires dans le cabinet où il bossait…

Gunnlaugur hocha enfin la tête et dit :

– Oui, d'accord, il est vivant, mais… mais je ne comprends pas…

– Merde alors, personne ne comprend quoi que ce soit ! répliqua Ármann. Il faut simplement qu'on trouve une issue. Qu'on le fasse parler. J'espère juste qu'il est… oui, qu'il est…

Daníel termina sa phrase pour lui :

– Inoffensif ?

Ármann acquiesça.

– Impossible à dire. Putain, dans quoi on est tombés ? On doit..., commença Daníel.

– On doit régler ce problème, Ármann, il faut que tu nous trouves une solution, l'interrompit Gunnlaugur, la voix dépourvue de la moindre détermination – elle ne laissait transparaître que son désarroi. Et si on ouvrait cette bouteille ? J'ai froid, j'ai besoin d'un...

– Hors de question qu'on prenne la moindre décision en picolant. Tu trouves franchement que c'est le lieu et le moment de s'asseoir tranquillement pour une petite réunion ? On n'est pas dans ton cabinet d'avocats, Gunnlaugur !

Helena appuya légèrement sur le bras d'Ármann. *Doucement avec Gunnlaugur.*

– Il a des bagages ? demanda Daníel, qui tentait clairement de se ressaisir.

Ármann secoua la tête.

– Je n'en ai pas vu.

– C'est bizarre... comme le reste.

– On est bien d'accord, acquiesça Ármann avant de baisser un peu la voix : il a dû s'attirer des ennuis, ou quelque chose dans le genre. En temps normal, j'appellerais les secours, mais on n'a pas de réseau. Je ne sais pas quoi faire d'autre...

– La nuit est tombée, il y a un blizzard affreux dehors, nous sommes épuisés..., commença Gunnlaugur.

Il était visiblement à bout de nerfs. Ármann songea qu'un verre ne lui ferait pas de mal, tout compte fait. Il fallait qu'il se calme.

– Bon, je pense qu'on devrait essayer de se reposer, en se relayant pour le surveiller. Il y a assez de place pour qu'on s'allonge tous les quatre. Je veux bien me charger du premier tour de garde. Je saurai lui faire face s'il tente quelque chose.

– Je ne vais certainement pas monter la garde face à un type armé qui n'a pas l'air d'avoir toute sa tête ! Qui sait de quoi il est capable ? C'est hors de question ! protesta Gunnlaugur.

– Arrête tes pleurnicheries, tu prendras ton tour comme tout le monde ! siffla Ármann avant de regretter aussitôt son emportement – ce n'était pas le moment de faire monter la tension.

Gunnlaugur grimaça.

– Je veux dire, je ne sais pas comment...

– On va régler ça ensemble, glissa Helena sur un ton apaisant.

Malgré son caractère parfois irritable, elle était plutôt douée pour arrondir les angles.

– Je peux donner un coup de main, bien sûr, s'empressa de dire Gunnlaugur, mais je serai incapable de me battre s'il faut en arriver là.

– Tu as d'autres points forts, rétorqua Ármann.

Malgré son ton mesuré, cette phrase sonnait faux. Et pour cause : il aurait été bien incapable de trouver des points forts à Gunnlaugur. Il ajouta :

– Vous en dites quoi ? On essaie ça ? Se reposer, je veux dire, et... ?

Il contempla leurs visages dans le halo de sa lampe torche. Daníel hésitait, tandis que Gunnlaugur semblait toujours aussi terrifié. Ils restaient muets, comme si aucun d'eux n'osait avouer que cette proposition ne leur disait rien de bon.

– On ne peut pas, Ármann, dit enfin Helena d'un ton presque anormalement calme. Ça ne marchera pas. Comment veux-tu qu'on dorme dans ces conditions ?

Ármann se tourna vers ses deux autres amis.

Gunnlaugur resta figé, mais Daníel acquiesça :

– Elle a raison, Ármann. Je suis désolé. Jamais on n'arrivera à fermer l'œil. Pour être tout à fait honnête avec toi, j'ai peur.

– Gunnlaugur ? fit Ármann.

– Je ne pourrai pas dormir, c'est clair. Et je ne veux pas me retrouver seul face à ce type, ce dingue qui risque de m'attaquer. Je ne veux pas… Je ne veux pas mourir…

– Du calme, mon vieux, personne ne va mourir. Je comprends très bien vos réserves. Mais dans ce cas, il faut… Il faut qu'on essaie de trouver autre chose.

– On ne pourrait pas capter le réseau en s'éloignant un peu ? Ou peut-être qu'il y a un autre refuge, avec un émetteur radio ? suggéra Helena.

Ármann garda le silence un instant.

– C'est… c'est une possibilité, finit-il par répondre. Mais est-ce qu'on a vraiment envie de ressortir dans ces conditions ?

– C'est loin d'ici ? demanda Helena.

– Pas si loin. Quinze minutes par temps clair, mais en l'occurrence ça risque d'être beaucoup plus difficile. Ces foutues prévisions météo nous ont vraiment joué un sale tour.

– Dans quelle direction ?

– Vers le sud. Il y a un autre refuge, équipé d'une radio. Je peux tenter le coup, si quelqu'un veut bien m'accompagner. Ça ne sert à rien d'y aller tous ensemble. Vu le temps, je dirais que ça va nous prendre au moins une demi-heure. Là-bas, je pourrai appeler les secours, leur dire où on est…

Ármann jeta un coup d'œil derrière lui et baissa encore la voix avant de conclure :

– Et les prévenir qu'on est coincés avec ce type.

– Je vais y aller, déclara Helena. Toi, tu restes ici et tu gardes un œil sur lui. Pour le moment, il me fait plus peur que la tempête.

– Tu es sûre, Helena ? Il faut quelqu'un pour t'accompagner, je ne te laisserai pas partir seule.

Il marqua une courte pause puis regarda Daníel, qui tentait de se réchauffer en se frottant les bras :

– Qu'en dis-tu ?

– Pourquoi ne pas y aller tous les quatre ? rétorqua Daníel. Après tout, ce n'est pas si loin d'après ce que tu dis, et là-bas, nous serons débarrassés de ce type, et pas moins bien lotis question chauffage.

– Je ne retourne pas dehors dans le noir avec cette tempête, je vous préviens ! réagit Gunnlaugur, haussant le ton malgré lui.

Ármann le fit taire d'un geste impérieux et reprit la parole, se penchant vers Daníel.

– Écoute-moi bien. Quand on a l'habitude comme moi de la montagne et des conditions difficiles, on sait une chose : en cas de problème, on ne prend pas de risques inutiles. Sortir maintenant tous les quatre, c'est un risque inutile. On va faire des groupes, et chacun va gérer sa part du problème. Gunnlaugur et moi ici, Helena et toi, dehors, vers l'autre refuge. Et tout va bien se passer. On est d'accord ?

Daníel baissa la tête puis acquiesça.

– Tu vas nous indiquer la route ? fit-il, tentant de camoufler sa moue réticente.

– Du mieux que je peux, répondit Ármann. Mais je suis sûr que Helena est capable de se débrouiller.

– Et donc nous, on reste là ? intervint Gunnlaugur. Juste tous les deux contre ce mec ?

– Il n'a pas bougé d'un pouce depuis qu'on est arrivés, on devrait gérer, répliqua Ármann. À moins que tu préfères partir à la place de Daníel ? N'hésite surtout pas, Gunnlaugur. On peut tout à fait inverser les rôles, si tu ne veux pas rester.

– Non, non, c'est bon, j'ai dit que je ne ressortais pas. Mais on ne va pas dormir, hein ? Monter la garde chacun son tour ou je ne sais quoi ?

– Arrête Gunnlaugur ! Secoue-toi un peu pour une fois, soupira Daníel. Helena, ne perdons pas de temps. On est déjà bien habillés pour affronter la météo, on n'a plus qu'à manger quelque chose et boire une bonne rasade de cognac, et en route.

À en juger par le ton de sa voix, Ármann comprit qu'il était très sérieux. Il échangea un regard avec Helena qui retira son sac à dos, en sortit la bouteille, l'ouvrit et but une gorgée avant de la tendre à Daníel.

Daníel

L'alcool le réchauffa instantanément et, ignorant la sensation de brûlure dans son œsophage, il s'empressa de boire une nouvelle gorgée. L'idée de ressortir dans la tempête le remplissait d'angoisse, mais il avait confiance en Helena et Ármann. Il aurait sans doute été plus avisé que ce dernier prenne la route, mais à y repenser, Daníel préférait braver le blizzard plutôt que de devoir rester dans le refuge. Les nerfs à vif, les muscles tendus, il ne quittait quasiment pas l'inconnu du regard, s'attendant à tout moment à ce que celui-ci bondisse de son siège et les attaque, ou à ce qu'il vide son arme sur eux. Il régnait ici une atmosphère si irréelle, si pesante, que l'incertitude qui les attendait à l'extérieur lui semblait presque plus avenante.

Que diable faisait cet homme ici ?

Que lui était-il arrivé ?

Il devait avoir vu ou vécu quelque chose de terrible, qui l'avait laissé en état de choc… Daníel hésitait à pousser plus loin sa réflexion. Quelque chose de terrible… qui pouvait les menacer à leur tour ?

S'ils avaient peur de cet homme – et c'était assurément son cas –, ne devaient-ils pas craindre encore davantage ce qui l'avait mené ici, ce qui l'avait mis dans cet état ?

Il se secoua. La seule chose intelligente à faire, c'était de quitter cet endroit, et être accompagné par Helena le rassurait – il ne serait pas seul pour affronter la nature hostile. L'alcool n'avait toujours pas fait taire sa peur, et il était peu probable qu'il y parvienne, néanmoins il but une troisième gorgée avant de tendre la bouteille à Gunnlaugur.

Celui-ci la prit d'une main tremblante, la porta à ses lèvres puis hésita un instant, comme s'il était sur le point de renoncer et de la passer directement à Ármann. Finalement, il but une généreuse gorgée à son tour.

Inviter Gunnlaugur avait été une erreur, mais c'était l'idée d'Ármann, et à présent, il allait devoir en assumer seul la responsabilité, estima Daníel en mordant dans la seule barre énergétique qu'il lui restait dans son sac. Il s'arrêta là : la nausée qui ne l'avait pas quitté depuis leur arrivée dans le refuge l'empêchait d'en prendre un morceau de plus.

– Ça fait du bien, balbutia Gunnlaugur d'un air un peu gêné avant de boire une seconde gorgée.

Ármann tendit la main et lui reprit la bouteille, qu'il se contenta de reboucher, puis il se tourna vers Daníel.

– Bon, vous êtes prêts ?

– Oui, répondit Daníel d'un ton incertain.

Il aspira une bouffée de l'air glacial du refuge. Il ne voulait pas prendre le temps de trop réfléchir à cette décision, qui n'avait d'ailleurs pas vraiment été la sienne. Se tournant vers Helena, il dit :

– On y va ?

Elle était étonnamment calme. Mais à y penser, c'était toujours comme ça, avec Helena : rien ne semblait la déstabiliser. Ce qui était de bon augure, car il s'apprêtait à remettre son destin entre ses mains.

– Au fait..., commença-t-il en se tournant vers Ármann tout en gardant un œil fixé sur l'inconnu, toujours parfaitement immobile dans son coin.

Le regard fixe de l'homme et son fusil pointé le frappèrent une fois de plus ; il perdit le fil de sa pensée et une vague de froid le gagna tout à coup, comme s'il était en train de tomber malade. La vision de cet homme, si perturbante, si macabre, l'empêchait d'avoir les idées claires.

– Tout va bien, Daníel ?

– Hein ?

– Tout va bien ?

– Oui, je... Oui...

Il voulait poser une question, mais ne parvenait plus à s'en souvenir.

– OK, bon courage à vous deux, conclut Ármann.

La mémoire revint alors à Daníel :

– On devrait peut-être emporter les fusils ?

Il regarda Ármann puis Helena. C'étaient eux qui dirigeaient les opérations. Gunnlaugur ne semblait rien apporter d'utile à la discussion.

– Non, laissez-les ici, dit Ármann, comme si c'était une évidence. Vous n'en aurez pas besoin. Vous n'allez pas chasser ces foutues perdrix maintenant !

Les animaux les plus dangereux que vous croiserez, ce sont des renards, et ils auront plus peur de vous que l'inverse.

Daníel contempla l'inconnu assis dans son coin. *Qu'avait-il vu ou fait ?*

Il eut la désagréable sensation que là, dehors, les ténèbres recelaient quelque chose de plus dangereux que des renards, de plus dangereux que tout ce qu'il pouvait imaginer...

Gunnlaugur

Gunnlaugur se sentait étrangement dissocié, comme s'il était ailleurs et plus vraiment là, dans le refuge.

Il n'avait plus aussi froid, une douce torpeur s'était emparée de lui. Peut-être était-ce l'effet du cognac, ou son cerveau qui lui jouait un tour pour qu'il se sente mieux dans cet environnement hostile. Il avait vaguement conscience de leur présence, de leur conversation, mais il se contentait de rester debout, les yeux fixés sur l'obscurité, sa lampe torche éteinte et rangée. Les autres ne faisaient plus attention à lui, et il en avait profité pour se réfugier dans ses pensées, à défaut de pouvoir aller ailleurs. Peut-être que ses problèmes disparaîtraient si, en plus, il fermait les yeux ?

– Et les sacs à dos ? entendit-il Daníel demander.

Avant ça, ils avaient abordé le sujet des fusils, lui semblait-il. Ils se posaient la question de les laisser ici.

– Ne les prenez pas non plus, ils vont vous ralentir, répondit Ármann.

Gunnlaugur s'isola de nouveau dans sa bulle. Il avait envie de s'asseoir, le plus loin possible de l'inconnu et de son arme. Et il n'aurait pas refusé une petite gorgée supplémentaire de cognac. Ármann n'y avait pas touché – de manière bien ostensible. Se croyait-il meilleur qu'eux ? Plus responsable ? Il sourit à cette idée. Ce vieux junkie, l'homme que tout le monde avait déjà condamné avant que Helena ne le sauve *in extremis.* Peut-être aurait-elle mieux fait de s'abstenir…

Il s'adossa à la porte et parvint à détendre un peu ses muscles, le fusil toujours fermement tenu dans une main. Il observait ses amis en train de fouiller dans leurs sacs, réunissant le matériel nécessaire pour leur périple avant de le fourrer dans leurs poches.

À choisir, il aurait préféré qu'Ármann et Daníel partent tous les deux à la recherche de cet autre refuge, le laissant seul avec Helena… Il ne lui aurait rien fait de mal, mais l'idée était tentante : l'occasion de s'asseoir à côté d'elle, d'essayer de lui faire changer d'avis et…

Et l'inconnu jaillit de nouveau dans son esprit, le faisant sursauter. Étrangement, il était vraiment parvenu à oublier où il se trouvait l'espace d'un instant.

En une seconde, la lettre anonyme lui revint aussi en mémoire. Il fallait qu'il se contrôle. Il ne comptait évidemment pas mal agir, mais il devait s'interdire ce genre de pensées…

– Et prudence ! D'accord ? entendit-il Ármann murmurer, comme dans un rêve.

– Oui, marmonna Gunnlaugur. Je serai prudent.

Helena

– Personne ne t'a parlé, Gunnlaugur, dit Helena.

Elle n'avait pas eu l'intention de se montrer aussi sèche, mais parfois elle peinait à contenir sa colère.

– Quoi ?

– Et pousse-toi, on s'en va.

Elle le bouscula légèrement. Il semblait ailleurs, dans un autre monde. Ce n'était quand même pas à cause de la toute petite quantité d'alcool qu'il avait bue ?

– Hein ? Je... Oui, pardon.

Helena se sentait mal à l'idée d'abandonner Ármann ici dans ces conditions, mais il était fort et capable d'affronter n'importe quelle situation.

Lorsqu'elle ouvrit la porte, une violente bourrasque la frappa au visage, comme si une bête sauvage venait de lui sauter dessus. Elle sursauta et vacilla sur ses jambes. Les chutes de neige n'avaient fait que s'intensifier et dévalaient sur la lande, balayées en rideaux épais par le vent furieux. Il faisait froid dans le refuge, mais en quelques secondes, elle avait ressenti la brutale différence de température avec l'extérieur. Ils allaient finir gelés. Elle crispa les mâchoires et respira un grand coup. Non, il fallait qu'elle tienne bon. Ce n'était pas le moment de faiblir.

– Viens, Daníel, on y va !

Comme il ne réagissait pas, elle insista :

– Allez !

Il prit les devants et s'enfonça dans le blizzard, courbé en avant pour déjouer la force du vent, tandis que, restée dans l'encadrement de la porte, elle demandait à Ármann :

– Quel chemin doit-on prendre ?

Il lui fit signe de sortir et lui emboîta le pas.

– On ne voit pas grand-chose, donc je ne peux pas te montrer de repères clairs, mais le refuge est dans cette direction, lui indiqua-t-il avec un geste de la main. Si vous suivez la configuration du terrain, vous ne pouvez pas le rater.

– On va tout de suite se perdre, ça n'a aucun sens, commenta Daníel.

Helena n'était pas sûre qu'Ármann l'ait entendu sous les assauts du vent.

Putain de tempête. Putain de bulletin météo.

– On va y arriver, je te le promets. On suit cette direction, et on va tomber dessus, dit-elle.

– Tu ne peux pas nous accompagner au moins un peu ? demanda Daníel à Ármann.

Sous sa capuche, Helena le regarda avec intensité.

– On va y arriver, Daníel.

– Juste les premiers mètres, insista-t-il d'une voix tremblante.

– Bon… pourquoi pas ? fit Ármann.

Il remonta la fermeture de son manteau jusqu'au cou, retira son sac à dos et le posa à l'entrée du refuge, ainsi que son fusil. Puis Helena l'entendit lancer :

– Attends-moi une minute, Gunnlaugur, je reviens tout de suite !

Ármann

Ármann rejoignit ses deux camarades. Le temps était plus désastreux que ce à quoi il s'était attendu, cependant il avait vécu son content de tempêtes, et celle-là n'était pas la pire qu'il ait connue. Helena non plus n'était pas une novice. Elle l'avait accompagné lors de nombreux périples hivernaux, mais à en juger par son expression, elle était inquiète. Quant à Daníel, il semblait terrorisé. Comme s'il s'imaginait que ce serait son dernier voyage...

Helena se pencha vers Ármann :

– Ce n'est vraiment pas la peine de nous accompagner, murmura-t-elle calmement. Je peux gérer.

– Je vais juste marcher un peu avec vous pour vous mettre sur la bonne route. Pas de souci. Tu vois bien que Daníel est à deux doigts de se dégonfler... Il faut le rassurer.

L'intéressé ne discernait certainement pas leurs voix, couvertes par le bruit du vent.

Ármann baissa la tête et s'enfonça dans les bourrasques de neige, armé de sa torche. Entendant Daníel l'interpeller, il s'arrêta et se retourna.

– Qu'est-ce qu'il y a ?

– Ce n'est vraiment pas une bonne idée !

– Tout ira bien, je t'assure. Viens, suis-moi. J'ai déjà pris ce chemin plein de fois !

Il se remit en marche, piétinant la neige épaisse ; des tourbillons blancs tournoyaient dans le faisceau de sa lampe.

Daníel continuait de l'interpeller, mais il feignit de ne pas l'entendre. Avançant d'un pas décidé, il jeta tout de même un rapide coup d'œil derrière lui pour s'assurer qu'il voyait toujours le refuge, déjà presque perdu au cœur du déluge blanc.

Daníel

– On devrait faire demi-tour ! insista-t-il, criant à pleins poumons, mais ni Helena ni Ármann ne semblaient l'entendre.

Il le sentait dans tout son être : ils étaient en train de commettre une terrible erreur. Il allait droit vers une mort certaine.

Il essaya de se rassurer en se répétant combien ses deux camarades semblaient sûrs d'eux, mais en vain. Il les suivait de manière totalement aveugle, sans savoir s'ils parviendraient à le mener à destination, ou même s'ils viendraient à sa rescousse si quelque chose déraillait.

Et plein de choses pouvaient dérailler !

Il était déjà épuisé après seulement quelques pas, comment allait-il tenir la distance ? D'ailleurs, il ignorait quelle distance ils étaient censés parcourir dans ce blizzard de plus en plus épais et dans ce froid intense ; il n'avait en tête que l'estimation floue d'Ármann qui avait parlé de quinze minutes par temps clair, vaguement transformées en une demi-heure dans ces conditions épouvantables. Une demi-heure ! Sentant la panique monter, il s'efforça de se calmer, mais ses yeux n'arrivaient pas à rester ouverts, attaqués par une nuée de flocons aveuglants, et plus il pensait à la neige et aux ténèbres qui l'entouraient, plus il avait du mal à respirer. Comme si le climat se resserrait littéralement sur lui, l'étouffant petit à petit, le privant de tout son oxygène.

– Ármann ! lança-t-il faiblement. Helena !

Ils ne se retournèrent pas.

– Helena ! répéta-t-il d'une voix plus forte.

Il s'arrêta. Il ne pouvait plus continuer pour le moment.

Helena réagit enfin et tourna la tête vers lui, son visage caché par sa capuche. Elle donna un coup de coude à Ármann qui s'immobilisa à son tour.

– Tout va bien, Daníel ? cria-t-elle en s'approchant de lui.

Il voulut répondre oui, mais il hésita. Que pouvait-il dire ? Que contrairement à eux, il était incapable de supporter une telle tempête ? Qu'il abandonnait comme une mauviette ? L'idée de leur dire tout cela l'emplit de honte.

Il se reprit, inspira profondément et remplit ses poumons d'air glacial. Il ferma les yeux une seconde, laissant l'oxygène affluer dans son corps. Il se sentait déjà un peu mieux. C'était la fatigue, voilà tout. C'est elle qui atténuait sa résistance. Pendant une seconde, il fut pris d'une irrépressible envie de s'allonger dans la neige et de se reposer là, juste un instant.

Gunnlaugur

Il mit une minute ou deux à se rendre compte qu'il était seul dans cette minuscule cabane perdue au milieu de nulle part, enfermé avec un homme armé dont il ne savait strictement rien, un homme qui restait figé, pétrifié comme un cadavre, mais dont les yeux grands ouverts dardaient sur lui un regard si étrange et troublant… comme s'il le fixait depuis un autre monde. Un monde de ténèbres.

Gunnlaugur recula maladroitement jusqu'à atteindre le coin opposé de la pièce, tel un animal en pleine fuite, son fusil toujours à la main. Il déverrouilla le cran de sûreté.

Il ne comptait pas commettre la moindre erreur. Quoi qu'il arrive, il ne serait pas une victime… Sa lampe torche de nouveau allumée, il la pointa sur l'homme et la coinça sous son bras. L'inconnu ne bougea pas, seules ses paupières se réduisirent à deux fentes, à travers lesquelles Gunnlaugur pouvait encore sentir son regard perçant.

Sa peur devait être palpable, et Gunnlaugur était

convaincu que l'inconnu allait sauter sur l'occasion, maintenant qu'ils étaient seuls. Qu'ils allaient devoir se battre jusqu'à la mort.

Il essaya d'évaluer la distance qui les séparait.

Quelques mètres, quelques pas, quelques secondes à peine. Oui, si l'homme décidait de passer à l'action, il serait sur lui en seulement quelques secondes.

Et s'il le mettait soudain en joue ?

Gunnlaugur n'osait pas aller au bout de cette pensée. Comment réagirait-il ? Aurait-il le courage de tirer le premier ?

Il n'en était pas sûr du tout. Tout ce qu'il savait, c'est qu'il ne voulait pas mourir.

Gunnlaugur repensa soudain à la bouteille de cognac.

Ármann l'avait rebouchée puis posée par terre.

Elle devait être tout près de lui.

Sa lampe torche toujours fixée sur l'inconnu afin de surveiller le moindre petit geste, il jeta un rapide coup d'œil autour de lui. Mais dans le noir, il n'arrivait pas à la repérer.

Il inspira profondément. Il sentait presque la brûlure âpre de l'alcool sur sa langue. Le froid resserrait son étreinte sur lui et il était persuadé qu'une petite gorgée lui apporterait un peu de chaleur nécessaire. Au fond, il savait que c'était faux, mais l'envie était plus forte, si forte qu'elle réussissait à estomper le danger que représentait l'inconnu. Soudain, rien d'autre n'eut d'importance que cette gorgée qu'il désirait si ardemment. Il lui fallait prendre le risque d'éclairer le sol, rien qu'un instant…

Oui, Ármann avait bien laissé la bouteille par terre. Il en était convaincu.

Mais la peur le saisit de nouveau, plus intense que jamais. Gunnlaugur fixa l'homme, qui n'avait pas bougé – sûrement en train d'échafauder un plan dans sa tête. C'était certain : dans les minutes à venir, sa vie serait en jeu. Il ne comptait pas perdre, il avait juste besoin d'un peu de carburant…

Ce brusque besoin d'alcool fit rejaillir le souvenir de la lettre anonyme, et celui de la soirée où il avait rencontré cette jolie jeune fille. Elle aussi était étudiante, mais en médecine et non en droit comme lui. C'était suite à cette fête qu'il avait pour la première fois décidé d'arrêter de boire. Avant de replonger quelques mois plus tard. Ses périodes de sobriété s'allongeaient cependant à chaque fois, et la dernière en date, qu'il venait de rompre, avait duré étonnamment longtemps – deux ans. Il fallait l'admettre : il avait rechuté. Tout avait une fin, ce n'était pas le moment de se lamenter à ce sujet. Ni de se priver…

Oui, son souvenir de la soirée restait clair : tombé sous le charme de cette jeune fille au premier regard, il était allé lui parler. Elle avait été polie, amicale même, aucun doute là-dessus ; mais il soupçonnait que son attirance pour elle n'était pas réciproque. Malgré tout, ils avaient bavardé toute la soirée et une bonne partie de la nuit. Il savait se montrer intéressant lorsqu'il faisait des efforts, ou du moins s'en était-il convaincu. Ils avaient bu plus que de raison, et…

Ce n'était pas un hasard s'il avait décidé d'arrêter de boire après cette soirée-là.

Et ce n'était pas un hasard non plus s'il avait désespérément besoin d'un remontant à cet instant.

Voyant l'homme toujours immobile, Gunnlaugur céda. Il dirigea le faisceau de sa lampe vers le sol, et le temps sembla ralentir tandis qu'il cherchait la bouteille. Il craignit soudain qu'elle ne soit plus là, qu'ils l'aient emportée avec eux…

Jusqu'à enfin repérer son trésor bien-aimé. Elle était là, près de lui. Il ne pouvait pas tout à fait l'attraper, il fallait qu'il se penche un peu, qu'il fasse juste un pas et…

Voilà.

Elle était entre ses mains.

Il n'aurait su dire combien de temps s'était écoulé, peut-être deux ou trois secondes, peut-être quelques-unes de plus. Combien en aurait-il fallu à cet homme pour bondir de sa chaise, protégé par les ténèbres et le bruit de la tempête ?

Envahi par l'effroi, Gunnlaugur ferma les yeux.

Helena

La mort n'était jamais bien loin dans ce genre de circonstances. Helena l'avait appris à ses dépens.

Été comme hiver, la nature avait beau être majestueuse, elle n'en demeurait pas moins meurtrière. Se perdre dans les terres hautes d'Islande était sans doute similaire au fait de se perdre dans le Sahara, le froid pouvait être aussi dangereux que la chaleur. Même les belles journées d'été n'étaient pas sans risque dans cette région où l'on ne trouvait aucun abri pour se protéger des brusques changements de météo.

Ce froid sans pitié, c'était le pire cauchemar de Helena.

Elle n'avait pourtant pas pu s'empêcher de se documenter sur les effets de l'hypothermie. De manière presque compulsive, comme si elle était incapable de lutter contre cette fascination mêlée de crainte. Elle avait lu en détail la manière dont le corps refroidissait petit à petit, dont les organes cessaient un à un de fonctionner. Le cœur, les reins, le foie… Avant que le néant prenne le pas.

Quelques mois après la mort de Víkingur, elle avait

voulu savoir s'il était parti sans douleur. Les médecins le lui avaient assuré, et Internet avait confirmé leurs dires, néanmoins elle avait toujours du mal à le croire. Elle avait beau l'avoir lu mille fois, elle avait beau se répéter encore et encore les paroles rassurantes des médecins, tout au fond elle demeurait convaincue que Víkingur avait souffert le martyre pendant son agonie, jusqu'à pousser enfin son dernier souffle dans l'air glacial.

Ármann

Dès qu'il ouvrit la porte du petit refuge, Ármann eut la sensation qu'il se passait quelque chose. Il avait pourtant pris soin de ne pas trop s'éloigner et de revenir sans tarder. Son rythme cardiaque s'accéléra et il regarda autour de lui avec prudence et peut-être un peu de crainte, même s'il ne l'aurait jamais admis à voix haute.

Le coin opposé à l'entrée, où l'homme se trouvait encore – avec un peu de chance –, était plongé dans les ténèbres. De son côté, près de la porte, il perçut un mouvement. Il tira sa lampe torche de sa poche et l'alluma.

Penché vers le sol, Gunnlaugur tâtonnait comme à la recherche de quelque chose. Que diable se passait-il ici ?

– Tout va bien ? demanda Ármann d'un ton autoritaire.

Gunnlaugur sursauta puis se redressa en se rendant compte qu'il était de retour. Ármann jeta un coup d'œil à l'autre côté du refuge par-dessus son épaule. Rien n'avait changé : l'homme était toujours là et la tempête hurlait avec la même intensité.

Il comprit alors que Gunnlaugur avait dû ramasser la bouteille de cognac.

– Tout va bien ? répéta-t-il.

– Euh… oui, je…, balbutia Gunnlaugur, perdu, avant de faire aller sa lampe de l'homme à Ármann – il semblait avoir du mal à retrouver ses repères. Oui, je crois. Tu as mis tellement de temps à revenir.

Il ne s'était absenté que quelques minutes, mais le temps avait dû passer plus lentement pour Gunnlaugur, resté seul avec l'homme. Il était visiblement terrifié et tenait toujours son fusil serré dans sa main.

La bouteille dans l'autre, il se laissa glisser le long du mur, jusqu'à se retrouver par terre.

– Détends-toi, Gunnlaugur. Tout ira bien. Tu peux te reposer, je ne suis pas fatigué. Ne t'inquiète pas.

– Je n'ai pas l'intention de dormir, enfin pas tout de suite. Et tu n'as pas à me donner d'ordres.

Posant son arme un instant, il retira le bouchon de la bouteille et but une généreuse gorgée au goulot.

Ármann n'aimait pas la direction que tout cela prenait. Il envisagea une seconde de saisir sa chance et de se jeter sur le fusil de Gunnlaugur. Le savoir armé et ivre le rendait nerveux. Il pouvait bien garder la bouteille de cognac si cela lui chantait, mais pour le fusil, c'était une autre histoire.

Il s'abstint finalement. Du moins, pour le moment. Il devait plutôt essayer de diluer la tension qui régnait dans l'air. Il avait lui aussi besoin de repos. Il avait menti en prétendant ne pas être fatigué ; en vérité, il était presque à bout de forces.

Il s'assit lui aussi par terre, contre le mur, prenant garde à ne pas s'installer trop près de Gunnlaugur. Il fouilla dans son sac et en sortit une barre énergétique au chocolat qu'il lui offrit en un geste d'apaisement. Avec un peu de chance, cela aiderait à détendre l'atmosphère. De plus, ce n'était jamais une bonne idée de boire le ventre vide ; malheureusement, il n'avait rien d'autre à lui proposer : ils avaient mangé le seul repas qu'ils avaient emporté des heures auparavant.

Gunnlaugur saisit le coupe-faim sans un mot et en préleva un généreux morceau avant de le repasser à Ármann.

– Je vais au moins reprendre un peu mon souffle, dit ce dernier. Nous n'avons pas besoin de décider quoi que ce soit immédiatement, non ?

– Fais comme tu veux. Je ne compte pas dormir. Mais ne me demande pas de surveiller tes arrières. Vu la situation, c'est chacun pour soi.

– Nous ne sommes pas en danger. Tu le vois bien, fit Ármann avant de hausser légèrement la voix. Nous sommes deux contre un.

– Et s'il nous menace avec son fusil ? murmura Gunnlaugur, visiblement inquiet que l'homme les entende. On pourrait le jeter dehors. Tu en penses quoi ?

– Tu es dingue ? C'est la mort assurée pour lui !

Gunnlaugur garda le silence un instant avant de reprendre :

– Et si on le ligotait ?

– Le ligoter ? Pourquoi ? Tu penses vraiment que ça va nous mener quelque part ?

– J'ai peur de lui. Et je veux… Je veux dormir.

Ármann hésita. Il avait du mal à décoder les réactions de son ami, en dehors de cette peur palpable qui s'exprimait dans chacune de ses intonations.

– OK, lâcha-t-il finalement.

– OK quoi ?

– OK, tu peux le ligoter. Vas-y. À toi de jouer. Tu as une corde ? Tu avais quoi en tête ? Le ligoter… avec quoi ? Tu penses qu'il ne va pas se débattre ? Oh, et autre chose : comment comptes-tu t'y prendre pour lui faire lâcher son fusil ?

Gunnlaugur ne répondit rien.

Ármann soupira de soulagement.

Daníel

Soucieux de ne surtout pas la perdre de vue, Daníel suivait Helena de près. Selon Ármann, il fallait un quart d'heure pour rejoindre l'autre refuge, dans des conditions idéales. Peut-être une demi-heure dans la tempête. Ils marchaient probablement depuis une dizaine de minutes, même s'il était difficile de l'affirmer avec certitude. Si loin de la réalité, il ne parvenait plus à se fier à sa notion du temps. Il ne portait par ailleurs jamais de montre, et son téléphone portable était enfoncé dans l'une des poches de sa doudoune. Il devrait se contenter de faire confiance à Helena.

Accélérant légèrement le pas, il s'approcha d'elle et lui tapota l'épaule.

Elle s'arrêta et se retourna.

– Ça va ?

Il hocha la tête, essoufflé.

– Tu sais combien de temps il nous reste ? lui demanda-t-il.

– Environ dix minutes, peut-être un peu plus. Nous avançons plus vite que prévu et la neige n'est pas aussi profonde que je le croyais. J'ai l'impression que la météo s'améliore un peu.

Vraiment ? Daníel regarda alentour, écarquillant les yeux pour en décoller la neige prise dans ses cils. Le blizzard les enserrait dans d'épais murs blancs tourbillonnants, le décor était le même quelle que soit la direction dans laquelle il regardait, et la visibilité quasi nulle.

– OK. Je ne me sens pas très bien. À moitié claustrophobe, lâcha-t-il presque malgré lui.

Il n'avait pas eu l'intention d'exposer ainsi sa vulnérabilité, mais l'angoisse qui l'étreignait était en fait encore plus profonde qu'il ne le montrait – il avait l'impression qu'on l'enterrait vivant.

Helena lui tourna de nouveau le dos et sembla sur le point de se remettre en route, mais elle resta immobile.

Puis elle regarda Daníel comme si elle avait vu un fantôme. Son expression avait brusquement changé, son regard s'était voilé.

Avait-elle peur ? Allait-elle paniquer, s'effondrer ? Ce n'était pas le moment, se dit Daníel, elle ne pouvait pas l'abandonner maintenant ! Il fit un pas en arrière et regarda encore autour de lui. De la neige, rien que de la neige ; brusquement, il comprit avec horreur qu'il n'était plus tout à fait sûr de la direction d'où ils venaient.

– Helena ?

– Excuse-moi, repartons, dit-elle sans conviction, avant d'ajouter : Pardon. Je repensais simplement à Víkingur.

– Víkingur ?

– À ce qu'il a pu ressentir en mourant…

Le sang de Daníel se glaça dans ses veines. Il ne savait pas quoi répondre, et à vrai dire il avait surtout envie de lui demander de changer de sujet – ce qu'il ne pouvait évidemment pas se permettre. Alors il garda le silence, fit comme si la tempête avait avalé les mots que Helena venait de prononcer.

Víkingur et elle étaient inséparables autrefois. Rien ne pouvait s'interposer entre eux. Le couple parfait, ils étaient beaux, intelligents…

– Allez, on y va, dit-elle après un bref silence gêné tandis que la neige tournoyait autour d'eux.

Daníel la suivit d'un pas hésitant, contemplant un instant la possibilité de faire demi-tour. Le chemin était sans doute plus court pour revenir au refuge que pour atteindre leur destination. Et s'il abandonnait Helena, s'il la laissait gérer ce problème ? D'un autre côté, sans elle, il était perdu. Et être perdu ici, c'était une mort assurée.

Il baissa les yeux, inspira profondément. Un pas à la fois, c'est ainsi qu'il tiendrait. Il lui suffisait de suivre avec obstination les empreintes de sa guide.

Relevant la tête, il sentit poindre en lui un optimisme furtif auquel il décida de s'accrocher. Au même moment, Helena perdit l'équilibre. Elle tomba à plat ventre dans la poudreuse et poussa un cri perçant qui aurait semé la panique s'ils n'avaient pas été seuls au milieu de nulle part. Il n'avait jamais rien entendu de tel, on aurait dit que la neige l'avait amplifié, que le vent sifflait la même note.

Daníel resta une seconde pétrifié, la fixant des yeux

comme s'il n'était que spectateur, comme s'il incombait à quelqu'un d'autre de lui porter secours. Puis il prit conscience qu'en ces lieux désolés, il était la seule personne à pouvoir réagir.

Gunnlaugur

Gunnlaugur se sentait mieux après avoir étanché sa soif et mangé un peu. Son angoisse s'était légèrement estompée grâce au cognac, même s'il ne parvenait pas à la faire taire complètement. Il savait qu'il était toujours en danger et craignait à vrai dire de s'endormir. C'était la dernière chose à faire, il en avait conscience, mais la lutte contre la fatigue était de plus en plus âpre ; le sommeil le guettait, insidieux, et il n'avait plus la moindre énergie en lui.

Le silence et l'immobilité d'Ármann n'aidaient pas. On aurait dit qu'il avait baissé les bras. À présent, c'était vraiment chacun pour soi.

Gunnlaugur était persuadé que si une bagarre éclatait, Ármann n'essaierait même pas de le défendre. Ils ne s'étaient jamais particulièrement entendus, et dans ces conditions extrêmes, le conflit latent qui les opposait venait de gagner une ampleur nouvelle. À présent, il était trop tard pour faire semblant, trop tard pour essayer d'arrondir les angles.

Il s'assura de bien tenir son fusil, même si sa prise

s'était relâchée. Il n'avait qu'à tendre la main pour attraper sa bouteille bien-aimée. Une petite gorgée supplémentaire ne lui ferait pas de mal, pour se protéger du froid qui persistait. Le vent soufflait sous la porte et s'insinuait dans ses vêtements, le glaçant jusqu'aux os. Le refuge n'était pas bien isolé, une vraie passoire, et rester immobile ne faisait sans doute qu'empirer les choses. Il ne sentait déjà plus ses orteils. Son estomac gronda – le chocolat n'avait pas du tout réussi à calmer sa faim – et il déglutit difficilement tant sa bouche était sèche. Il soupira. Sa gourde d'eau était vide depuis un bon moment, et il n'avait aucunement l'intention de sortir pour tenter de calmer sa soif avec de la neige.

Il prit la bouteille de cognac, la porta à ses lèvres, but au goulot puis la reposa sur le sol.

Telle une bête sauvage tapie dans l'ombre, le sommeil était sur le point de l'emporter, et aucune arme ne pouvait lui servir contre cet ennemi sans merci.

Helena

– Qu'est-ce qui s'est passé ? lui cria Daníel. Ça va, Helena ?

Elle se tourna prudemment. La neige l'avait déjà presque entièrement recouverte.

– Je... Je..., balbutia-t-elle. J'ai trébuché.

– Je vais t'aider à te relever, dit-il en lui tendant la main.

– Je crois que... Ah ! c'est ma cheville. Je crois que je me suis fait une entorse.

Malgré l'obscurité et les paquets de neige, elle vit Daníel pâlir à vue d'œil.

– Une entorse ? Tu plaisantes ?

Elle se hissa lentement sur ses genoux puis se mit debout avec précaution, faisant reposer son poids sur l'autre jambe.

– Non... Je ne suis pas sûre, mais c'est... affreusement douloureux.

– Tu vas quand même pouvoir marcher, non ? bégaya-t-il, prouvant une nouvelle fois qu'il n'était capable de penser qu'à lui-même.

– J'essaie, Daníel, j'essaie ! s'écria-t-elle d'une voix si puissante qu'elle le fit sursauter.

– OK, excuse-moi, tu veux que je t'aide ?

Il s'approcha et lui tendit la main.

– Merci, soupira-t-elle en attrapant son bras avant d'avancer à cloche-pied.

– Tu veux essayer de poser ton autre pied ? demanda-t-il sur un ton pressant.

– D'accord, acquiesça-t-elle avant de pousser un hurlement en tentant de marcher normalement. C'est… c'est…, haleta-t-elle. Je suis désolée, Daníel, ça ne va pas aller…

– Comment ça ? s'exclama-t-il, incapable de masquer l'affolement dans sa voix.

– Je ne pense pas pouvoir aller jusqu'au refuge… Je…

– Il le faut, Helena, tu…

– Bon… On se calme une seconde, OK ?

Il hocha la tête, sa mine paniquée toutefois peu convaincante.

– Je ne sais pas si je vais pouvoir marcher longtemps… comme ça, à cloche-pied. Je pourrais t'attendre ici, le temps a l'air de se calmer un peu…

– Quoi ? Et moi, je suis censé faire quoi ?

– Tu trouves le refuge, tu alertes les secours avec la radio et tu reviens me chercher.

– Tu pourrais mourir, Helena. Et je ne suis pas sûr de réussir à te retrouver dans un blizzard pareil.

– Il va pourtant falloir, Daníel… Sinon, je peux essayer de rejoindre Ármann et Gunnlaugur. Et toi, tu attendras dans l'autre refuge…

Il saisit l'occasion :

– Dans ce cas, autant que tu viennes avec moi...

– C'est trop loin. J'aurai moins de mal à repartir dans l'autre sens. Allez, un peu de courage, bon sang ! ajouta-t-elle avec détermination.

– D'accord, oui, je...

– Tout ira bien, je te le promets. Tu es notre sauveur, Daníel. Ne l'oublie pas. Nous comptons tous sur toi.

Il hocha la tête et se mit en route à pas lents.

Puis il se tourna de nouveau vers elle.

– Tu es sûre ?

– J'ai confiance en toi, Daníel.

Elle le regarda s'éloigner vers l'inconnu, bientôt invisible derrière le rideau de neige.

Ármann

Une étrange quiétude enveloppait la petite cabane.

Gunnlaugur était toujours assis dans son coin. Ármann ne l'éclairait plus directement, il distinguait juste les contours de sa silhouette, et il était à peu près sûr qu'il s'était endormi.

Helena et Daníel étaient partis depuis longtemps.

Après le stress et la fatigue accumulés ces dernières heures, Ármann parvenait enfin à se détendre un peu. Et dans ces circonstances exceptionnelles, son esprit ne cessait de se tourner vers le passé, plus particulièrement vers ses années à Copenhague. L'époque où sa vie avait bien failli se terminer…

Il lui était arrivé de vouloir en finir une fois pour toutes, lorsque les dettes se multipliaient et qu'il ne parvenait plus à financer sa consommation de drogue. Sans parler de la peur. La peur de ces hommes qui le menaçaient, la peur de la torture, du danger qui le guettait à chaque coin de rue. Il s'était fait tabasser plusieurs fois, mais il avait longtemps réussi à éviter le pire. Jusqu'au soir où ces deux types lui étaient tombés dessus. Il devait un paquet de fric à l'un d'eux. Lorsqu'ils l'avaient jeté sauvagement du haut d'un escalier, il avait juste eu le temps de se dire que son heure avait sonné. Il avait frôlé la mort de peu, mais avec sa chance insolente, il s'en était sorti – pouvait-on dire cela ? – avec juste une jambe salement cassée. Et Helena était venue le sauver. Il ne l'oublierait jamais.

Ármann était loin d'être blanc comme neige. Il avait lui aussi usé de violence par le passé, lorsqu'il se droguait. Il n'avait jamais tué personne, mais au fond, il s'en savait capable. Heureusement, il avait laissé tout cela derrière lui en abandonnant la drogue et en fondant son entreprise. Il ne parlait jamais de cette époque, pas même à Helena ; il l'interdisait aux autres et s'était constitué pour l'essentiel un nouveau groupe d'amis, en dehors de Gunnlaugur et Daníel, qui ne connaissaient que des fragments de son passé.

Ármann pouvait être sans pitié. Cela avait toujours été le cas, même s'il essayait de ne pas le montrer. Sans doute quelque chose dans ses gènes. Pour lui, cruauté et succès allaient de pair. Or il était indéniable que, ces dernières années, il avait connu beaucoup de succès.

Le souvenir de ces hommes qui lui voulaient du mal le maintenait parfois éveillé. Les deux qui l'avaient poussé dans cet escalier, mais aussi les autres, qui le menaçaient ou le tabassaient régulièrement. Leurs visages se confondaient. Un inconnu au regard froid, impénétrable, quelque part entre vingt et trente ans, robuste et musclé.

Il lui arrivait souvent d'engager des hommes avec ce profil – le même âge, la même corpulence charpentée –, soit au sein de ses agences de voyages, soit dans le bâtiment, domaine dans lequel il commençait à développer des projets. Lorsqu'il rencontrait un nouvel employé qui lui rappelait ainsi cette lointaine époque, il était saisi par cette peur ancienne. Rien qu'une fraction de seconde, car il ne s'agissait que d'un mauvais tour de son imagination, mais la sensation n'en était pas moins désagréable. Une brusque piqûre de rappel de sa vulnérabilité.

Ármann voulait toujours garder le contrôle, tout diriger. C'était la raison pour laquelle il n'avait pas bu une seule goutte depuis qu'ils étaient arrivés dans le refuge. C'était la raison pour laquelle il restait assis, à surveiller la pénombre autour de lui. Jamais il ne lui serait venu à l'idée de fermer les yeux.

Gunnlaugur

– Étudiante en médecine, tu disais ?

Il se rappelait chaque mot de sa conversation avec cette fille et se souvenait précisément d'elle. Ses longs cheveux blonds, son sourire réservé.

– Oui, et toi ?

– Je suis en droit.

Il lui avait servi un verre. Puis deux, puis trois, et ainsi de suite jusqu'au milieu de la nuit. Elle était si belle, dégageait une telle joie de vivre jusqu'à la dernière minute, même si son regard s'était terni au fil de la soirée. À un moment, ils s'étaient retrouvés seuls dans la pièce où ils discutaient, les amies de la jeune fille étaient ailleurs dans la maison, et il avait décidé de saisir l'occasion. Elle avait résisté dans un premier temps, protesté, dit quelque chose qu'il n'avait pas tout à fait compris, ou n'avait pas voulu comprendre, puis il avait fini par se persuader que ça se passait toujours comme ça, qu'en réalité, elle était consentante. Les souvenirs qui lui restaient de cette partie de la soirée étaient un peu flous, mais lorsqu'il s'était réveillé le lendemain matin avec une sévère gueule de bois, il savait au fond de lui qu'il était allé trop loin. Il espérait qu'elle verrait les choses autrement, ou qu'elle ne se souviendrait de rien. Deux ans plus tard, il avait reçu cette lettre anonyme. Il était sans doute trop tard pour que la jeune fille puisse prouver quoi que ce soit, mais elle – ou l'un ou l'une de ses amis – avait visiblement décidé de faire en sorte que lui n'oublie jamais cette nuit-là. La lettre stipulait qu'ils avaient en leur possession des informations susceptibles de ruiner sa vie. Ce n'était qu'un avertissement, sans demande ni revendication, du moins pas encore, cependant elle avait eu l'effet escompté. Désormais, il peinait à trouver le sommeil, et chaque matin à son réveil, il se demandait si le jour était venu où l'auteur de la lettre – cette fille ou qui que ce soit d'autre – en enverrait une similaire à son patron.

Il ne l'avait jamais revue après cette fameuse nuit, mais il vivait dans la peur constante de tomber sur elle par hasard. Autant que possible, il la suivait de loin sur les réseaux sociaux ; il savait dans quel hôpital elle travaillait et avait identifié son entourage. Ils n'avaient aucun ami en commun, mais il n'était pas exclu qu'un jour, leurs chemins se croisent à nouveau…

Elle était toujours identique lorsqu'elle lui apparaissait la nuit, dans ses cauchemars.

Innocente, souriante, belle. Et son regard, qui demandait grâce.

Gunnlaugur se réveilla en sursaut.

Perdu dans l'obscurité, il ne savait plus où il se trouvait. La mémoire lui revint désagréablement vite.

Il s'était endormi. Bordel. Saisissant la lampe torche restée sur ses genoux, il la pointa d'un geste automatique dans toutes les directions et soupira de soulagement. L'inconnu n'avait pas bougé et le fixait à présent du regard. Presque comme s'il savait…

Ármann était toujours assis près de la porte, bien éveillé. Sans prononcer un mot, il adressa un simple signe de tête à Gunnlaugur.

Dans cette atmosphère pour le moins pesante, celui-ci regretta de s'être réveillé. Il était encore épuisé, et son cauchemar récurrent à propos de la jeune fille n'était pas pire que la réalité qu'il subissait à cet instant.

Ármann semblait décidé à ne pas se laisser gagner par le sommeil, et le calme régnait dans la petite cabane. Gunnlaugur pouvait sans doute se permettre de fermer encore un peu les yeux, de reprendre des forces. Les ténèbres qui nimbaient le monde de ses rêves étaient toujours plus agréables que celles qui régnaient ici.

Il voulait juste s'assoupir un petit moment.

Tout irait bien. Il ne courait aucun danger.

Helena

Si elle n'avait jamais douté de sa capacité à retrouver son chemin, elle éprouva malgré tout un immense soulagement en voyant les contours du refuge se dessiner au loin. Les conditions météorologiques s'étaient un peu améliorées, et cela l'avait aidée, mais elle jouissait surtout d'un bon sens de l'orientation et avait gravé dans sa mémoire, autant que faire se peut, les quelques points de repère aperçus lors de leur avancée – un cairn, le lit d'un ruisseau... Elle ne comptait certainement pas mourir cette nuit.

Saisissant la poignée, elle crut un instant que la porte était fermée à clé. Il y avait une résistance, quelque chose semblait obstruer le passage. Envahie d'une soudaine inquiétude, elle parvint enfin à forcer l'entrée et tomba presque dans les bras d'Ármann.

Elle le serra contre elle. Tout allait bien. Bien sûr, que tout allait bien. Comme toujours, Ármann maîtrisait la situation. Il avait ses mauvais côtés, mais tout bien réfléchi, ils ne l'avaient probablement rendu que plus fort au fil des années.

– Ça va ? demanda-t-il, une pointe d'angoisse dans la voix.

Elle hocha la tête. L'obscurité était quasi complète dans la cabane ; la lampe torche d'Ármann gisait par terre, éclairant seulement le sol.

– Ils sont… ? commença-t-elle, soudain interrompue par un faisceau de lumière éblouissant, dirigé droit sur son visage.

– Helena ? fit Gunnlaugur. Tu es revenue ?

– Oui, je… Je me suis blessée.

– Quoi ? Que s'est-il passé ? demanda Ármann. C'est grave ? Où est Daníel ?

– Je crois que je me suis tordu la cheville, dit-elle à voix basse en entrant à cloche-pied dans le refuge pour pouvoir fermer la porte derrière elle – sans que cela change quoi que ce soit au froid qui y régnait.

– Mais où est passé Daníel ? Vous avez pu appeler les secours avec la radio ?

Helena inspira profondément.

– Je me suis fait mal avant qu'on arrive. On était plus près d'ici, alors je suis revenue. Et Daníel a continué.

– Tout seul ? s'exclama Gunnlaugur, incrédule.

– Oui, c'était plutôt courageux de sa part, je n'étais pas sûre qu'il le fasse. Ça m'a épatée. C'est lui qui va nous sauver.

– Daníel est un type fiable, commenta Ármann. Il ne nous reste plus qu'à attendre.

D'une voix plus douce, il ajouta :

– Ça va aller, Helena ? Tu veux qu'on jette un coup d'œil à ta cheville ? J'ai un kit de premiers soins dans mon sac.

Gunnlaugur les interrompit avant que Helena n'ait pu répondre :

– Combien de temps on va devoir attendre ? Vous pensez vraiment que Daníel est capable de faire ça tout seul ? Honnêtement, moi, j'en doute. Et pas qu'un peu.

Helena retint un sourire. Un peu de pression, et l'on pouvait voir les gens sous leur vrai jour. Faire jaillir leur véritable personnalité. Toute sa vie, Daníel avait protégé Gunnlaugur, et celui-ci n'hésitait pas à lui tourner le dos en une seconde. Elle n'était pas vraiment surprise, mais elle avait imaginé qu'il serait capable de mieux cacher ses sentiments.

– Nous attendrons le temps qu'il faudra, répliqua Ármann. Pas trop longtemps, j'espère.

Puis, se retournant vers Helena :

– Alors, tu veux que je regarde ta cheville ?

Elle secoua la tête.

– Non, ce n'est pas aussi méchant que ce que je croyais. Je ne peux pas complètement poser mon pied, mais je doute que ce soit vraiment grave. Ne vous inquiétez pas pour moi, j'irai voir un médecin en rentrant. Pour le moment, il faut attendre et garder notre calme.

Ármann

Il avait pris le premier tour de garde, laissant Helena s'endormir. Plus la nuit avançait, plus il sentait le sommeil le gagner, mais cela faisait des années qu'il s'était habitué à veiller aussi longtemps que nécessaire. Une capacité qu'il avait sans aucun doute acquise lors de ses années à Copenhague, quand il passait ses nuits soit à se droguer, soit à rester sur le qui-vive, terrifié, craignant pour sa vie – parfois un mélange des deux. Cela dit, il n'aurait pas été contre une bonne tasse de café bien fort.

Tous les trois avaient discuté d'un plan pour la nuit, et encore une fois Gunnlaugur avait refusé de s'impliquer. Il s'était obstinément opposé à l'idée d'assurer son tour de garde seul. Il allait falloir l'accepter. Ce type était un bon à rien, mais un bon à rien armé qui pouvait représenter un danger. Mieux valait garder un œil sur lui et essayer de maintenir une atmosphère sereine. Tenir jusqu'à l'aube.

Ármann et Helena avaient donc décidé de dormir tour à tour, du moins autant que possible. Elle dormait à poings fermés à côté de lui, il la réveillerait plus tard pour qu'elle prenne le relais.

Quant à Daníel…

Ármann se demandait comment il s'en sortait dans la tempête, et où il pouvait bien se trouver à cet instant…

Gunnlaugur

Il faisait encore sombre. Gunnlaugur n'était pas parvenu à se rendormir mais, assis les yeux fermés, il essayait au moins de se reposer un peu. Son corps refusait de lâcher prise.

Au fond, il n'avait confiance en personne dans ce petit chalet, c'est pourquoi baisser la garde pouvait vite devenir une question de vie ou de mort.

Peut-être n'était-il pas dans son état normal parce qu'il avait recommencé à boire. Il avait bien conscience que c'était une possibilité, cependant il préférait se montrer prudent, prêt à faire face à toutes les éventualités. Alors il maintenait fermement son fusil.

En même temps, il essayait de réfléchir, et malgré son désir de trouver une issue, il devait se rendre à l'évidence : il n'y avait pas d'alternative, il était obligé de faire confiance à Ármann et Helena. Il aurait été incapable de trouver le chemin du pavillon de chasse où ils avaient passé la nuit de vendredi et laissé leurs bagages, sans parler de l'autre refuge dans lequel, avec un peu de chance, Daníel était arrivé. Oui, avec un peu de chance…

Gunnlaugur connaissait trop bien son vieil ami pour vraiment y croire. Plutôt costaud et soucieux de se maintenir en forme, Daníel pouvait facilement donner le change, mais en réalité ce n'était pas exactement un baroudeur, et il n'avait jamais bien supporté le stress. Et malheureusement, c'était finalement à lui qu'incombait la responsabilité de les sauver tous.

Restait à prier pour que les choses s'améliorent au lever du jour.

Sa lampe torche toujours allumée, Gunnlaugur se demanda combien de temps les piles tiendraient. Il ne la pointait pas directement sur l'inconnu, par peur de le provoquer, mais il pouvait au moins discerner sa silhouette dans la pénombre et serait capable de réagir au moindre mouvement de sa part. En cas de menace, il se sentait prêt à tout, même à appuyer sur la détente de son fusil.

DIMANCHE

Helena

Le ciel avait commencé à s'éclaircir lorsqu'elle revint à elle.

Elle devait avoir dormi bien plus que prévu.

Se redressant d'un bond, elle s'assit et jeta un coup d'œil circulaire.

– Bien dormi ? fit Ármann avec douceur.

Elle se frotta les yeux.

– Tu as fait une nuit blanche ?

– Oui, je dormirai plus tard.

– Tout va bien ? demanda-t-elle, hésitante.

Elle aperçut Gunnlaugur, et l'homme assis sur sa chaise. Tous deux semblaient sommeiller.

– Rien à signaler, répondit Ármann.

– Est-ce que Daníel... ?

– Pas de nouvelles.

Helena se tut.

Le corps engourdi et fatigué, elle se leva prudemment pour faire circuler le sang dans ses membres.

– Tout ira bien, la rassura Ármann.

Elle lui sourit, puis regarda de nouveau autour d'elle. Ni Gunnlaugur ni l'inconnu n'avaient bougé.

Elle avait hâte de rentrer chez elle, de retrouver sa routine, son travail. L'anniversaire de Víkingur approchait. Elle le fêtait tous les ans en se rendant seule au restaurant – toujours le même, leur préféré. Chaque année, au moment d'appeler pour réserver, une appréhension l'étreignait, mais pour l'instant, heureusement, l'établissement n'avait pas fermé. Elle n'aurait pas supporté de devoir trouver un nouvel endroit où célébrer ce jour, changer ses habitudes. Ils étaient toujours allés là-bas pour fêter leurs anniversaires, elle y avait quantité de bons souvenirs.

Víkingur était si séduisant, grand et chaleureux ; capable de faire preuve de détermination et d'ambition, il n'était pas non plus dépourvu d'une certaine sensibilité, d'une certaine fragilité. C'était cette contradiction qui le rendait unique ; sans lui, Helena ne serait plus jamais la même, plus jamais entière. Elle aurait encaissé de le perdre pour les bras d'une autre ; oui, cela aurait été douloureux, affreusement douloureux, mais au moins, il aurait été heureux.

Au lieu de cela, il était mort dans la solitude la plus totale.

Et elle n'avait même pas pu lui dire adieu.

Chaque fois qu'elle y pensait, elle sombrait dans une fureur noire.

Une mort épouvantable, et si vaine.

Peut-être était-il trop beau, trop sensible pour survivre dans un monde aussi dur. Peut-être était-ce écrit. Elle essayait de s'en convaincre lorsqu'elle touchait le fond, même si elle savait que ce n'était que le fruit de son imagination, une tentative désespérée de dissiper les ténèbres avec une pointe de lumière. Ces ténèbres qui la suivaient partout, sans que quiconque s'en rende jamais compte.

Elle était douée pour se forcer à sourire quand elle pleurait intérieurement. Douée pour prétendre être quelqu'un d'autre. C'était le seul moyen de tenir.

S'accrocher. Dès le premier jour, le jour maudit de sa mort, elle avait décidé qu'elle n'abandonnerait pas.

Il ne l'aurait pas voulu.

Un week-end de chasse comme celui-ci aurait été tellement merveilleux avec Víkingur, même s'ils s'étaient retrouvés piégés dans une tempête. Elle aurait pris soin de lui, comme elle aurait dû le faire ce jour-là.

Si et seulement si…

Un bruit soudain alerta ses sens.

L'homme était en train de se réveiller.

Ármann

Ce serait bientôt terminé. Enfin.

Le matin était déjà là depuis un bon moment d'après la montre hors de prix qu'il portait à son poignet – un cadeau qu'il s'était fait pour célébrer une année de travail particulièrement faste –, même si, à cette heure, la lumière du jour se faisait encore attendre en ce jour de novembre. Et en dépit de ce que suggéraient les fenêtres toujours couvertes de neige, la tempête semblait s'être calmée durant la nuit ; on n'entendait plus autant le vent, qui avait perdu de sa force. Revenir au chalet quand le jour serait vraiment levé ne devrait plus poser de problème.

Helena était réveillée et semblait plutôt en forme, étant donné les circonstances.

Gunnlaugur dormait toujours. Il s'était assoupi à moitié couché sur son arme – impossible de la lui prendre sans le réveiller. Ármann soupira. Il se fichait éperdument de savoir comment Gunnlaugur se sentirait au réveil. La seule chose qui comptait, c'était de le ramener chez lui, après quoi leur amitié prendrait fin une bonne fois pour toutes – ce qui aurait dû être le cas depuis longtemps.

– Ármann, il se réveille, lui murmura soudain Helena.

– Quoi ? fit-il, la regardant avant de se tourner instinctivement vers Gunnlaugur.

– Non, pas Gunnlaugur, lui..., dit-elle en faisant un signe de tête en direction du côté opposé du refuge.

Ármann la regarda de nouveau et hocha la tête.

– OK, je m'en occupe.

Il se leva avec prudence, laissa son fusil derrière lui mais prit sa lampe torche, bien que l'obscurité ne fût plus aussi profonde à l'intérieur.

Il se dirigea d'un pas lent vers l'homme, jetant sans cesse des coups d'œil à Gunnlaugur qui semblait profondément endormi. Étrange, vu leur situation. Ou peut-être pas tant que ça, si on prenait en compte le peu d'alcool qu'il restait dans la bouteille.

Oui, tout ça serait bientôt terminé.

Une journée difficile et une nuit pour le moins singulière.

L'homme s'était endormi assis par terre, le dos bien droit, calé contre le mur, son fusil toujours entre ses mains. Ármann ne cessait de s'étonner de la facilité avec laquelle les êtres humains s'adaptaient à n'importe quelles circonstances. Lui-même avait pris la décision de ne pas fermer l'œil et, en dépit de sa fatigue, il y était parvenu. Il n'en était pas peu fier. Bien sûr, elle était toujours là sous la surface, prête à l'emporter, mais il s'agissait de tenir bon encore un peu.

Arrivé tout près de l'homme, il se pencha en avant.

Gunnlaugur

Il avait été réveillé.

Peut-être par un bruit, ou simplement la sensation qu'il se passait quelque chose. Comme un sixième sens.

Il s'autorisait à croire à ces pouvoirs surnaturels, même s'il n'en parlait à personne. Les autres ne le comprendraient pas ; il faut dire qu'ils ignoraient que son grand-père était un médium réputé à son époque. Gunnlaugur avait parfois la sensation d'avoir hérité de son don, même s'il se manifestait de manière plus limitée. Peut-être était-il plus sensible que les autres, peut-être était-ce précisément la raison pour laquelle il avait du mal à se faire de bons amis, à rencontrer l'âme sœur… C'était comme s'il marchait à un rythme différent.

Il n'avait pas davantage réussi à s'enrichir, malgré ses efforts réguliers. Lorsqu'il avait tenté d'investir dans des actions en Bourse, leur valeur s'était effondrée. À l'inverse, l'un de ses collègues s'était lancé très tôt dans l'immobilier, avant que les prix n'explosent, et il était parvenu à faire l'acquisition de plusieurs appartements. Aujourd'hui, il était juriste le jour et bailleur le soir.

Mais Gunnlaugur savait bien qu'il ne servait à rien de se comparer à ce genre de personnes. En fait, la vie était pour lui une lutte constante, et il devait sans cesse se rappeler les privilèges dont il jouissait, car le pessimisme avait tendance à l'emporter.

Il s'était clairement endormi. Il fallait qu'il se réhabitue à la pénombre. Peut-être que le matin était déjà là, peut-être pas, impossible de l'affirmer avec certitude ; en tout cas, le soleil n'était pas encore tout à fait levé, il ne devait pas être si tard.

Il était encore fatigué, épuisé même, et un soudain mal de tête s'ajouta à sa peine. Il avait bu une grande partie de la bouteille de cognac la veille, et n'avait probablement toujours pas dessoûlé.

L'espace d'un instant, tandis qu'il s'extirpait des brumes du sommeil, il avait oublié où il se trouvait, ce qui se passait – cela arrivait parfois lorsqu'il se réveillait dans un environnement inconnu. La sensation avait été de courte durée et d'autant plus agréable au vu des circonstances, comme si un lourd poids avait pour un temps été soulevé de ses épaules.

À présent, le froid glaçant et la faim dévorante étaient revenus.

Il ne percevait rien d'autre que le souffle du vent dehors.

Ses compagnons étaient-ils encore là ?

Soudain, l'idée terrifiante qu'il pouvait être seul au monde dans ce petit cabanon perdu au milieu des hautes terres islandaises le frappa. Seul au monde, ou pire : seul avec l'inconnu malveillant. Paniqué, il se redressa avec difficulté et essaya de s'éloigner encore plus du coin opposé du refuge mais, déjà tassé contre le mur, il ne parvint pas à aller bien loin.

– Daníel ? tenta-t-il d'une voix timide, juste assez fort pour que son ami l'entende. Daníel ?

Le seul dans leur petit groupe en qui il pouvait avoir un tant soit peu confiance. N'était-il pas là, avec eux ?

Discernant mieux son environnement dans la pénombre, il tâtonna à la recherche de sa lampe torche ou de son téléphone – d'une source de lumière quelconque. Il ne trouva que la bouteille, qu'il laissa là où elle était, et son fusil, qui avait à moitié glissé sous ses jambes et qu'il attrapa fermement. On n'était jamais trop prudent.

– Daníel ?

Quelqu'un posa la main sur son épaule. Il sursauta violemment et resserra sa prise sur son arme.

– Ce n'est que moi. Helena.

La voix de la jeune femme était douce, impassible, et il se détendit un peu.

– Oh, OK.

– Daníel n'est pas là, tu te souviens ? Je...

Elle marqua une courte pause puis reprit :

– Je m'inquiète pour lui. Il est parti seul dans la tempête. On n'a pas de nouvelles depuis.

Le brouillard causé par la fatigue et la gueule de bois se dissipa, la mémoire revint à Gunnlaugur. Daníel et Helena étaient sortis, mais la jeune femme était revenue seule. Et sans pouvoir vraiment l'expliquer, il pressentait que Daníel était mort.

Peut-être était-ce la voix de Helena, quelque chose dans son ton qui suggérait que, selon elle, il ne reviendrait pas. Gunnlaugur tendit l'oreille une seconde. Le vent continuait de souffler. Lui-même aurait été incapable de retrouver son chemin si on l'avait abandonné au milieu de ce désert montagneux. Il aurait sans doute baissé les bras et se serait laissé mourir. Il n'était pas un héros, ne l'avait jamais été.

– Et Ármann ?

– Il est ici, avec nous. Tout ça sera bientôt terminé, ne t'inquiète pas. Le jour se lève, même si on a du mal à s'en rendre compte avec toute cette neige contre les fenêtres.

Gunnlaugur soupira de soulagement. Il avait confiance en Helena. Il ne pouvait pas faire autrement, ne voulait pas. Il fallait qu'il rentre chez lui.

Helena

Helena lâcha l'épaule de Gunnlaugur.

Un frisson de dégoût la traversa à l'idée de l'avoir touché, mais il fallait impérativement qu'il conserve son calme. Il était tout à fait imprévisible, comme il l'avait déjà prouvé, et il avait beaucoup bu. La bouteille de cognac était presque vide.

Sans oublier qu'il tenait une arme à feu dans sa main et que, pour ne rien arranger, il n'était pas le plus habile des chasseurs. Ravalant son aversion, elle s'efforçait de lui parler avec douceur. Bientôt, ils échapperaient à cet enfer, et elle pourrait de nouveau respirer normalement.

– On ne devrait pas chercher Daníel ? demanda Gunnlaugur, l'haleine chargée d'alcool.

– J'y ai réfléchi, mais on ne peut pas prendre ce risque. Le vent et la neige ont dû former des congères partout, on va perdre du temps. Mieux vaut nous concentrer sur notre retour au chalet. Nous alerterons les secours dès que nous aurons accès au réseau, ils enverront une équipe pour trouver Daníel. Il va bientôt faire jour, et Ármann et moi, on pense que la tempête ne va pas durer. Dès que le vent se sera suffisamment calmé, on se mettra en route. Tous les trois. Il faut qu'on reste soudés.

– Et pour ce qui est de…

Il ne termina pas sa phrase, mais il n'y avait pas de mystère : il voulait parler de l'homme assis de l'autre côté du refuge.

– Ármann va s'en occuper. Fais-lui confiance. Ce n'est pas un problème, Gunnlaugur, d'accord ?

Il hocha la tête.

– Comment te sens-tu ? reprit-elle.

Elle se contrefichait de la réponse, mais elle devait s'assurer qu'il ne céderait pas à la panique. Assise à côté de lui dans la pénombre, elle évitait de le regarder. De l'autre côté de la pièce, Ármann, penché sur l'homme, semblait discuter avec lui.

– Je suis fatigué, dit Gunnlaugur après un court silence. Affreusement fatigué.

Il tenait toujours le fusil de son père dans sa main.

– Tu ne veux pas te lever ? Essaie de t'étirer un peu. Ça va t'aider à te réveiller.

– Peut-être, oui…

Il se mit debout, visiblement avec difficulté, mais sans lâcher son arme.

Puis il dit d'une voix pâteuse :

– Ármann… Pourquoi il est si près de ce type ? C'est trop risqué ! Helena, tu m'entends ? Tu vois ça ?

– Il essaie juste de lui parler, détends-toi.

Ármann

Il rejoignit Gunnlaugur et Helena. Il avait rallumé sa lampe torche et l'avait posée par terre afin d'apporter un peu de lumière dans la petite pièce, en attendant que le soleil se lève.

Ils allaient bientôt revenir à la normale. Comme si souvent, le nouveau jour apportait un nouvel espoir.

Ármann avait hâte de retrouver la ville. Il avait organisé ce week-end avec soin, on pouvait même dire qu'il l'avait attendu avec impatience, mais le mauvais temps avait fait vaciller tous leurs plans. Heureusement, c'était presque fini. Ils allaient bientôt pouvoir retourner chacun chez eux. Et Gunnlaugur ne lui manquerait pas. À vrai dire, il avait bien l'intention de ne jamais le revoir.

– Ármann, on ne devrait pas… On ne devrait pas sortir et essayer de chercher Daníel ? demanda justement ce dernier d'une voix lasse.

Ces constantes jérémiades le fatiguaient. Il n'avait jamais beaucoup apprécié Gunnlaugur qui, pour ne rien arranger, se révélait être de ces gens dont les pires défauts s'exacerbent lorsqu'ils voyagent ou se retrouvent dans un espace clos. Un week-end complet avec ce type, c'était plus insupportable qu'il ne l'avait soupçonné.

– Ce serait complètement inconscient, Gunnlaugur, tu devrais t'en rendre compte, répliqua-t-il en haussant le ton. Tu te sens capable de faire ça maintenant, toi ? Avec toute cette neige ? Et pour chercher où ? Tu veux te perdre et mourir de froid, toi aussi ?

– Il… Tu crois qu'il… ?

– Pardon, non, je n'en sais rien, évidemment… Ce n'est pas ce que je voulais dire. Je suis sûr qu'il est capable de s'en être tiré tout seul. Ce que je veux dire, c'est que de notre côté, il faut qu'on rentre et qu'on appelle les secours dès qu'on aura du réseau. Nous ne sommes pas secouristes. En tout cas, pas Helena ni moi, mais peut-être as-tu des talents cachés dans ce domaine ?

– Hein ? Moi ? Non, je… Il a sûrement réussi à atteindre l'autre refuge.

– Oui, sûrement, répondit Ármann sur un ton apaisant.

Il n'en croyait pas un mot. Personne n'aurait pu survivre à une nuit passée sous une météo pareille.

Résigné, Gunnlaugur lâcha un soupir et baissa la tête. Lorsqu'il la releva, ses yeux s'écarquillèrent soudain dans une expression de terreur. La voix désormais dépourvue de toute trace de doute, il s'écria :

– Ármann ! Derrière toi !

– Qu'est-ce que…

– Ármann, il s'est levé ! s'exclama Gunnlaugur en brandissant son fusil. Il approche, il…

Ármann sentit son corps se raidir tout entier, puis il se secoua ; il devait réagir, et vite. Il voulut se précipiter sur Gunnlaugur pour lui prendre son arme mais se ravisa à la dernière seconde, craignant un tir accidentel de son ami encore à moitié ivre. S'écartant du passage, il jeta un coup d'œil par-dessus son épaule en direction de l'homme.

C'est alors qu'il entendit le coup de feu. Un bruit effroyable, qui résonna dans la petite cabane. Comme un cri jailli d'un autre monde, aussi strident qu'écrasant.

Aussi incroyable que cela puisse paraître, Gunnlaugur n'avait pas manqué sa cible, et en une fraction de seconde, le monde s'éparpilla en mille lambeaux.

Gunnlaugur

La scène semblait si irréelle que Gunnlaugur mit un moment à comprendre ce qui venait de se passer : il venait de tirer un coup de feu à l'intérieur du petit refuge.

Des points noirs dansaient devant ses yeux et il refusait de croire ce que ses oreilles avaient si distinctement entendu. Que diable était-il arrivé ?

Il ferma les paupières, refusant de faire face.

Un simple réflexe, une réaction involontaire. Voyant l'homme debout, il avait brandi son arme, puis le temps s'était arrêté. Il avait crié quelque chose à Ármann. Alors que l'inconnu s'approchait d'eux dans les ténèbres, il ne s'était même pas demandé s'il avait l'air menaçant ou pas, s'il était armé ou pas, la peur avait pris le contrôle. Gunnlaugur ne s'était pourtant jamais laissé diriger par la peur mais, à cet instant, c'était comme s'il avait perdu toute raison. À présent, il était pétrifié. La tête lui tournait, il ignorait s'il avait touché l'homme. Il ne parvenait toujours pas à croire que c'était lui qui avait tiré ce coup de feu.

Il avait forcément manqué sa cible. Il ne pouvait supporter l'idée qu'il en ait été autrement.

Gunnlaugur n'était pas un bon chasseur, c'est à peine s'il savait manier une arme, malgré ce que son père avait essayé de lui apprendre. Mais aujourd'hui, c'était l'instinct qui avait commandé son geste – jamais il ne s'était mis en position aussi rapidement.

Assourdi par l'écho du tir, il peinait encore à entendre quoi que ce soit. Un cri lui sembla soudain émerger du bourdonnement qui lui enserrait le crâne. Un cri d'effroi. Les yeux toujours fermés, il n'arrivait pas à distinguer ce qui se disait autour de lui.

– Gunnlaugur !

Quelqu'un criait-il son nom ?

– Gunnlaugur !

Ármann, ou Helena, ou peut-être les deux ? Cherchaient-ils à l'alerter sur un danger imminent ? Ou paniquaient-ils parce qu'il venait de...

Parce qu'il venait de...

Il ne pouvait même pas se le formuler. Son cerveau refusait d'admettre la gravité de ce qu'il venait de faire.

Sa tête semblait sur le point d'exploser, tandis que les bruits autour de lui se faisaient toujours plus pressants. Il ne s'était sans doute écoulé qu'une poignée de secondes, mais il n'y tenait plus.

Il ouvrit les yeux.

Helena

Elle vit l'homme porter la main à son cou aussitôt après que la déflagration eut secoué la maison comme si une bombe avait explosé. Helena, qui se tenait juste à côté de Gunnlaugur quand il avait tiré, son oreille à seulement quelques centimètres du canon du fusil, ne distinguait plus qu'un bourdonnement constant.

Elle leva la tête, essaya de capter le regard de l'homme dans la semi-pénombre. Ses yeux étaient agrandis par une stupéfaction intense.

Sans réfléchir, elle se rapprocha d'Ármann et se serra contre lui. Il la prit dans ses bras et elle contempla la tragédie, protégée par son étreinte. Gunnlaugur demeurait pétrifié, les yeux obstinément fermés.

Lorsqu'il ouvrit les paupières, il lâcha son fusil par terre. Helena se recroquevilla, craignant un instant qu'un nouveau coup parte sous l'effet du choc, mais il n'en fut rien. En tout cas, elle ne l'entendit pas. Elle reporta son regard sur l'homme touché à la gorge.

Il s'effondra au sol. Restant immobile, elle ne songea même pas à lui porter secours. Gunnlaugur, la bouche béante, ne bougeait pas non plus. On aurait dit qu'il venait de voir un fantôme, qu'il n'en croyait pas ses yeux. Quant à Ármann, elle le sentait aussi solide sur ses pieds que d'habitude. Lui aussi demeurait figé. C'était comme s'ils avaient pris la décision commune d'accepter la fatalité : personne n'aidait l'inconnu à présent étendu par terre. Helena vit une flaque de sang rouge sombre s'étaler dans les ténèbres épaisses.

Tout cela ressemblait à un effroyable cauchemar ; elle se prit à espérer que c'en était vraiment un, et qu'elle finirait par se réveiller. Toujours muette, elle entendit Ármann interpeller plusieurs fois Gunnlaugur, mais celui-ci restait immobile, les yeux fermés, comme absent au monde. Inutile d'insister. Ármann se tut.

Bon sang ! Et maintenant, qu'allaient-ils faire ?

Ármann

Crier n'était d'aucune utilité.

Rien ne passait le barrage.

Gunnlaugur était là, son putain de fusil à ses pieds, mais il semblait ailleurs, comme s'il avait fui et s'était réfugié quelque part, au fin fond de son esprit.

Le problème, c'est qu'il n'y avait nulle part où se réfugier et fuir cette réalité.

Ármann inspira lentement. Il devait absolument garder son sang-froid.

Derrière lui, Helena s'accrochait à son dos, comme si elle essayait de s'y enfoncer.

Cependant nier la réalité ne servirait à rien : ce pauvre type ne s'en sortirait pas, Gunnlaugur l'avait tué. Et par la même occasion, il venait de les projeter dans un immense tas d'emmerdes.

Malgré tous ses efforts pour rester concentré et réfléchir à une solution, Ármann n'arrivait pas à voir plus loin que les quelques secondes suivantes ; tout était flou, le futur n'avait aucune consistance.

Il fallait sauver les meubles. Ce n'était pas la première

fois qu'il était face à un mur, et il avait toujours fini par s'en tirer. À présent, c'était Gunnlaugur le responsable, mais Ármann savait qu'il devrait faire le ménage derrière lui.

Sauver Gunnlaugur pour se sauver lui-même, pour sauver Helena.

Heureusement, Daníel était hors jeu. Cela simplifiait les choses, au moins un peu.

Ármann aurait jeté Gunnlaugur dans la fosse aux lions avec joie, mais il savait que dans cette situation, ce n'était pas la bonne solution.

Là, en ce matin d'hiver, dans un refuge perdu au milieu des hautes terres islandaises, un homme était en train de se vider de son sang sous leurs yeux. Convaincu de n'avoir aucun moyen de le secourir, Ármann jugeait plus sûr de garder ses distances. Et de prendre le temps de réfléchir.

Leurs options étaient limitées. Dans quelques minutes, ils auraient un cadavre sur les bras.

Gunnlaugur se rendait-il compte qu'il venait de tuer quelqu'un ?

Gunnlaugur

Le fusil gisait sur le sol – tout comme l'homme qui en avait été la victime.

Celui-ci respirait sans doute encore, mais Gunnlaugur ne parvenait pas à bouger. Paralysé, il se contentait d'observer la scène en simple spectateur, comme si elle ne le concernait pas. Il avait toujours manqué de courage. Ce qui ne l'avait pas empêché d'avoir l'audace – l'inconscience ? – de tirer.

Avait-il réagi à un réel danger ?

Ou bien simplement perdu le contrôle l'espace d'une seconde – une seconde lourde de conséquences ?

Qu'allait-il se passer à présent ? Qu'adviendrait-il si l'homme ne survivait pas ?

Devant ce corps étendu, immobile, Gunnlaugur s'autorisa à espérer que la situation n'était pas aussi catastrophique qu'elle en avait l'air, que la blessure n'était pas si profonde, que l'homme s'en tirerait…

L'espoir. C'était tout ce qui lui restait.

Helena

– Qu'est-ce qu'on fait ?

Helena adressa sa question à Ármann, tout près de son oreille afin que Gunnlaugur ne l'entende pas. À vrai dire, c'est à peine si elle percevait le son de sa propre voix à cause du bourdonnement qui persistait.

Ármann se tourna vers elle.

– Attends une seconde. J'ai besoin de réfléchir.

Elle aperçut son visage pour la première fois depuis que Gunnlaugur avait tiré.

Il avait beau se tenir droit, solide comme un roc, ses yeux racontaient une autre histoire. Il avait peur. Elle ne connaissait ce regard que trop bien. Oui, il était terrifié.

Elle se rassura en songeant que c'était sous pression qu'il était le plus efficace. Restait à savoir si cela suffirait.

Le problème, c'était qu'elle ne lisait pas seulement la peur dans ses yeux. Elle le connaissait par cœur. Aucun doute : il était furieux. Or, c'était en proie à la colère qu'il commettait les pires erreurs.

Ármann

– Ça va aller, dit-il à Helena en essayant de dissimuler le tremblement dans sa voix. D'accord ? Tout va bien se passer.

Puis il reporta son attention sur Gunnlaugur et l'interpella de nouveau. Devant son absence de réaction, il insista, haussant le ton un peu plus à chaque fois. C'était parfaitement vain, mais il poursuivit, mû par un besoin de plus en plus pressant d'évacuer sa colère.

– Putain Gunnlaugur, tu te rends compte de ce que tu as fait ? Écoute-moi ! Tu as tué ce type !

Ármann jeta un coup d'œil à la victime. Il n'était pas encore mort, mais l'issue ne laissait aucun doute. Pour une fois, cet imbécile de Gunnlaugur avait atteint sa cible. Et maintenant, ce connard restait planté là sans rien dire, sans rien faire, sans même marmonner le début d'une réponse.

Ármann reprit :

– Qu'est-ce que tu comptes faire, hein ? Dis-moi ! Qu'est-ce qui t'a pris ? Bordel de merde, il était inoffensif !

C'était inutile.

Gunnlaugur était ailleurs, et peut-être cela valait-il mieux. De toute façon, il ne leur serait d'aucun secours, bien au contraire. Au moins, dans cet état de sidération, il ne leur ferait pas perdre de temps.

Ármann se tourna vers Helena. La pauvre semblait terriblement mal en point. Ce qui n'avait rien d'étonnant. Elle gardait le silence, mais il n'était pas difficile de lire le fond de sa pensée.

C'est eux qui allaient devoir faire le ménage pour lui. Corriger le tir.

Deux options s'offraient à eux : contacter la police dès qu'ils auraient retrouvé la civilisation ou aider Gunnlaugur à effacer les preuves. Pour lui, le choix était vite fait.

Restait à savoir quelle solution Gunnlaugur privilégierait. Avocat de profession, il devait être à peu près sans tache aux yeux de la loi. Son premier réflexe, une fois revenu à lui, serait probablement de se rendre, de tout avouer aux autorités. Et peut-être de plaider la légitime défense. Bien sûr, avec Helena, en tant que témoins, ils pouvaient décider de corroborer ses dires, même si c'était un mensonge : en réalité, Gunnlaugur n'avait pas couru de réel danger, rien de ce qui s'était passé ne pouvait justifier son acte, ou même le minimiser. Mais d'un autre côté, Helena et lui pouvaient aussi raconter la vérité : leur ami, dans son affolement, avait abattu un homme, et il n'y avait aucune circonstance atténuante. Ármann envisagea sérieusement l'idée de sacrifier Gunnlaugur et de le voir se débattre avec les conséquences de son acte. Mais non, ce n'était pas la bonne solution. Il le savait bien. Il allait leur falloir mentir – ou tout au moins contourner la vérité.

Ármann tentait d'évaluer sa marge de manœuvre. Gunnlaugur avait peut-être un casier vierge, mais tout bien réfléchi, chaque homme a plusieurs facettes. Ármann était au courant pour le viol. Il l'avait appris, comme la plupart de leurs amis, lorsque Gunnlaugur l'avait accidentellement avoué au cours d'une énième beuverie. Pour une raison obscure, la victime n'avait pas porté plainte. Peut-être ce sale type avait-il acheté son silence… en tout cas, il était clair qu'il n'était pas aussi parfait qu'il le prétendait en société. Comme tous, il avait un côté sombre qu'il tentait de dissimuler. Cette idée décida Ármann : il devait essayer de le convaincre de cacher le meurtre. Le persuader que la seule solution était de faire comme si rien ne s'était passé. Il fallait simplement s'assurer que l'inévitable sentiment de culpabilité que ressentirait Gunnlaugur ne l'empêcherait pas de se ranger à son avis. Le mal était fait, l'homme gisait inconscient sur le sol, peut-être même était-il déjà mort. À présent, la question était de savoir comment sauver ce qui pouvait l'être.

– Gunnlaugur, tu m'entends ?

C'était comme parler à un mur.

– Gunnlaugur, il est mort, tu vois bien. On doit faire quelque chose.

Ármann s'avança vers son compagnon de voyage. Se postant face à lui, il posa prudemment les mains sur ses épaules puis le regarda dans les yeux avant de répéter :

– Tu m'entends ?

Enfin, Gunnlaugur esquissa une réaction. Il cligna des paupières, puis jeta un coup d'œil autour de lui.

– Je ne sais pas... je ne comprends pas ce qui s'est passé..., dit-il, la voix légèrement étranglée.

Il ne manquerait plus que cette mauviette se mette à chialer, pensa Ármann. Il resserra son étreinte.

– On va trouver une solution, OK ?

– Quoi ? Qu'est-ce que tu dis ?

Ármann haussa la voix. L'écho du coup de feu résonnait sans doute toujours dans les oreilles de Gunnlaugur.

– On va régler le problème.

– Régler le problème ? Comment ça ? Tu ne vois pas qu'il est mort ? Comment tu veux régler ça ?

Ármann laissa ses mains retomber et fit quelques pas en arrière, prenant toutefois soin de conserver une bonne distance avec le cadavre.

– J'ai quelques propositions, articula-t-il d'une voix claire et posée.

Il jeta un rapide regard à Helena qui se contenta de hocher la tête, visiblement peu désireuse de prendre part à cette conversation.

– Quelques propositions ? fit Gunnlaugur, incrédule et furieux.

– D'abord, nous pourrions...

– *Des propositions ?* répéta Gunnlaugur, indigné. Il n'y a rien à faire. On doit juste partir d'ici et appeler la police.

– Tu es sûr de toi ?

– Si je suis sûr ? Évidemment ! Qu'est-ce que tu comptais faire, le laisser pourrir ici ? Et moi ? Je devrais fuir le pays ? Je dois répondre… je dois répondre de mes actes devant la justice…

– Ne commence pas à nous bassiner avec tes discours d'avocat, Gunnlaugur. Ce n'est ni le lieu, ni le moment. Répondre de tes actes devant la justice ? Tu ne dois rien à personne. Tu peux me dire quand la police t'a été utile ? Pour le moment, tu as des amis à tes côtés, c'est tout ce qui compte. On est d'accord ?

Gunnlaugur hocha la tête.

– Oui, marmonna-t-il sans conviction.

Ármann songea que la formulation qu'il avait utilisée n'était pas la mieux choisie ; le mot « amis » sonnait peut-être un peu faux, mais il fallait tenter le tout pour le tout. À cet instant, ils devaient faire front ensemble, comme de véritables amis. Quand tout serait fini, Gunnlaugur disparaîtrait de leur vie à tous les deux. Il en était convaincu.

Gunnlaugur ajouta :

– Mais… tu sais, on ne peut pas… On…

– Tu sais ce qui va se passer ? Un procès, Gunnlaugur, un putain d'énorme procès ! Et tu penses que moi, je vais te laisser me traîner dans une histoire comme ça, alors que mon boulot, c'est d'emmener les touristes ici, de leur faire passer un bon week-end en sécurité ? En plus, les journalistes vont se faire un plaisir de fouiller dans notre passé, de parler de Copenhague. Ce sera un désastre. Et toi, tu finiras en prison ! C'est ça que tu veux ? Écoutes mon vieux, dans ce cas, on fait comme ça, après tout, moi, je m'en sortirai, c'est pas la première fois. Tu sais quoi ? Le temps est déjà plus clément et le soleil se lève. Je devrais bientôt être capable de retrouver le chemin du chalet. Assez rapidement, nous aurons assez de réseau pour contacter la police. Ça te va ?

Fixant Gunnlaugur, il plissa les yeux.

– On va te surveiller jusqu'à ce qu'ils viennent te passer les menottes. Ou bien peut-être que les avocats ont droit à un traitement de faveur ?

Le visage de Gunnlaugur perdit toute couleur, comme s'il venait enfin de se rendre compte de la gravité de son acte.

Gunnlaugur

Jamais il n'avait éprouvé une telle sensation. Il flottait, quelque part entre le sommeil et la veille alors qu'il était bien réveillé, quelque part sur la frontière entre l'imagination et le monde réel, peut-être précisément parce qu'il savait au fond de lui que la réalité était bien pire que tout ce qu'il aurait pu imaginer. Il ne parvenait pas à affronter ce qu'il avait fait, il voulait disparaître, s'endormir ne serait-ce qu'une seconde, pour laisser son esprit se reposer, gagner un peu de répit.

Mais dès qu'il fermait les yeux, le corps lui apparaissait, et il ne parvenait pas à penser à autre chose qu'à cet homme qu'il avait assassiné.

Assassiné.

Le mot résonnait dans sa tête comme s'il l'entendait pour la première fois. Il avait causé la mort d'un homme, plus rien ne serait comme avant. Comme par réflexe, il se mit à songer à l'avenir. Cette pensée ne le quitterait plus jamais. Cet acte était le début et la fin de tout. Réussirait-il à retourner au travail ? À entrer dans le cabinet lundi matin, comme si de rien n'était ? Peut-être le devrait-il : essayer de prendre sur lui, essayer de vivre ; mais chaque minute, chaque seconde serait une épreuve. Il visualisa son bureau où, tous les jours, des piles de documents assombrissaient son existence. La veille, il avait appréhendé son retour au travail à cause de l'ennui, de la routine, mais à présent, il aurait tout donné – absolument tout – pour pouvoir rembobiner le temps et redevenir ce bon vieux Gunnlaugur, retrouver la morosité du bureau. La beauté de la monotonie, mais surtout la beauté de l'innocence.

Il leva la tête et regarda autour de lui.

De nouveau, Ármann essayait de lui parler, mais il ne l'entendait plus, cette fois encore aspiré dans le tourbillon de ses propres pensées.

On lui avait toujours appris à faire les choses correctement, à obéir à ses parents, à travailler, à ne jamais faire de vagues, et il y était parvenu – presque trop. Parfois, il avait eu la sensation de passer à côté de sa vie, de rater toutes les aventures de la jeunesse. Désormais, il avait vécu une expérience extrême, un acte effroyable qui l'avait fait basculer vers le mal.

Sa tête était sur le point d'imploser. Le coup de feu résonnait au loin, encore et encore, un bourdonnement assourdissant se pressait contre ses tympans et ne faisait qu'accroître son sentiment d'être prisonnier d'un enfer perpétuel.

Comment le verrait-on désormais ? Comme un assassin ? Tout ce qu'il avait fait de positif dans sa vie jusqu'ici serait effacé d'un simple coup de gomme. Une seule et unique atrocité commise. Pourrait-il de nouveau regarder ses amis, ses collègues dans les yeux ? Condamné à poursuivre sa vie dans la solitude la plus totale, et…

Et oui, il y avait la perspective de la prison, évidemment. Pour une étrange raison, il ne l'avait pas encore pleinement envisagée. Son corps se couvrit de sueur et son rythme cardiaque s'accéléra. La prison. C'était sa destination. Et déjà la pensée d'être enfermé lui était insupportable.

Il était pourtant innocent à certains égards, même devant la loi. C'était un tir involontaire, presque de la légitime défense. Oui, presque. Pas tout à fait, mais un argument recevable. Il avait craint pour sa vie, c'est ce qui l'avait amené à réagir de manière aussi brutale.

S'efforçant d'ignorer les cris de ses amis, il inspira profondément et fit un pas en avant, mais il eut l'impression que le sol penchait, qu'il était sur le point de tomber. Pris de vertige, il faillit perdre l'équilibre, tandis que dans son esprit les pensées se livraient à une course folle : l'homme mort, le coup de fusil, l'avenir…

Le chaos s'intensifia et sa sensation de vertige l'enveloppa tout entier ; il perdit pied et s'écroula par terre.

– Gunnlaugur…, fit la voix lointaine d'Ármann. Gunnlaugur, ça va ?

Il secoua la tête.

– C'est terminé, répondit-il d'une voix tremblante. C'est fini.

– Calme-toi.

Dans la voix d'Ármann, on sentait sa détermination, comme si souvent. Il prenait toujours les choses en main, et cette fois, Gunnlaugur devrait bien l'accepter.

– Je…

Il ne parvenait pas à trouver les mots, n'avait pas la force de terminer sa phrase.

– C'est la merde ! asséna Ármann d'un ton vif. C'est la merde, mais on va s'en sortir. La première chose à faire, c'est de nous débarrasser de ce putain de cadavre.

Il soupira.

Gunnlaugur voulut acquiescer, mais il n'en avait même plus la force. Prostré sur le sol, il se contentait de regarder son ami. Ármann était sans doute le seul qui pouvait le tirer de ce gouffre sans fond.

Helena

Nous débarrasser de ce cadavre, avait dit Ármann.

Les mots semblaient venir d'un autre monde, comme s'ils ne la concernaient pas.

Elle avait beau être chaudement habillée, elle grelottait de froid – ce qui ne l'empêchait pas de sentir au fond d'elle un désir irrépressible de s'enfuir, de courir loin, dehors, dans la neige gelée. Submergée par le stress, elle avait du mal à respirer, son cœur battait la chamade dans sa poitrine.

Elle refusait de poser son regard sur le corps étendu par terre, aurait voulu cesser de se demander s'il avait une famille, s'il manquerait à certaines personnes. Et pourtant, elle ne pouvait s'en empêcher, car désormais elle devait participer à la dissimulation du crime de Gunnlaugur. Ils n'avaient pas le choix. Et s'ils y parvenaient, cela impliquait que les éventuels proches du pauvre homme ne découvriraient jamais ce qui lui était arrivé.

– Comment ? demanda-t-elle à contrecœur – elle avait simplement besoin de dire quelque chose pour évacuer ces pensées étouffantes, ne serait-ce qu'un instant.

Ármann la regarda d'un air interloqué.

– Quoi ?

Elle hésita.

– Comment tu comptes te débarrasser du corps ?

Cette fois, ce fut Ármann qui hésita. Peut-être n'y avait-il pas encore vraiment réfléchi.

– Nous...

– C'est hors de question, hors de question, siffla Gunnlaugur d'une voix tremblante.

– Laisse-nous nous en occuper, répliqua Ármann d'un ton vif avant de se tourner de nouveau vers Helena : On peut... on peut l'enterrer. Trouver un endroit discret.

Il ne semblait pas convaincu par sa propre suggestion.

– Où ça ?

– Dans une crevasse quelque part, je ne connais pas la région si bien que ça, mais...

Un silence gêné suivit.

– On peut mettre le feu au refuge ! lança-t-il soudain.

– Mettre le feu ! Tu rigoles ?

Jamais elle n'aurait songé à une chose pareille, et cette idée la mettait très mal à l'aise. Mettre le feu à un refuge de secours, et laisser brûler un cadavre à l'intérieur... Un scénario complètement fou auquel elle n'aurait jamais imaginé devoir prendre part. Elle n'était même pas sûre d'en être capable. Pourtant, il fallait qu'elle joue le jeu. Ils devaient se serrer les coudes.

– Mais merde, pourquoi a-t-il fallu que tu fasses un truc pareil, Gunnlaugur ? s'écria-t-elle d'un coup, n'y tenant plus – elle avait envie de se jeter sur lui pour le frapper. Hein, pourquoi ? Tu as tout gâché !

Il la regarda du coin de l'œil, tête baissée, comme un enfant réprimandé.

– Je... Je...

– On n'aurait jamais dû t'inviter !

– Helena, calme-toi, ça ne sert à rien, glissa Ármann.

Gunnlaugur resta silencieux.

– Jamais ! Jamais on n'aurait dû t'emmener, continua-t-elle, incapable de s'arrêter. Je te l'ai dit, Ármann, tu te rappelles ?

L'intéressé hocha la tête et Helena poursuivit :

– Je t'ai dit qu'on ne devrait pas inviter un putain de violeur.

Gunnlaugur sursauta.

– Je n'ai jamais eu l'intention de..., commença-t-il avant de s'interrompre.

Helena garda les yeux fixés sur lui, attendant la suite.

– Je n'ai jamais eu l'intention de te violer, Helena. Tu devrais le savoir. J'étais juste ivre et stupide...

Et tu l'es toujours, voulut-elle lui rétorquer.

– Je ne parlais pas de ça, le coupa-t-elle d'un ton sec.

Elle vit l'expression de Gunnlaugur se transformer, passant de la surprise à la frayeur.

– Je te parle de cette fille que tu as violée il y a quelques années, lors d'une soirée. Tu te souviens ?

Elle n'avait jamais mentionné cet événement auparavant, n'en avait jamais eu l'intention. Elle était d'ailleurs certaine que ni Ármann ni Daníel ne lui en avaient parlé de leur côté.

Il ne répondit pas tout de suite.

Après un long silence gêné, il lâcha enfin :

– Ce n'est pas le moment, OK ? Pas maintenant, Helena, je... Tu ne vois pas ce qui vient de se passer ? Je ne peux pas...

Elle prit une profonde inspiration. Non, ce n'était évidemment ni le lieu ni le moment, mais elle bouillonnait de fureur. Cette histoire avait beau ne pas la toucher directement, elle ne cessait d'y repenser depuis qu'elle l'avait apprise. Et vu l'expression de Gunnlaugur à cet instant, il était incapable de nier ces accusations.

– Une fois qu'on sera rentrés, ce sera terminé, Gunnlaugur. Je ne veux plus jamais entendre parler de toi. C'était une terrible erreur de t'inviter, on en a la preuve aujourd'hui ! Et maintenant, Ármann a décidé de t'aider à sortir de cette tombe que tu as toi-même creusée. Sache que je ne dirai rien, mais que je ne vous aiderai pas ! Je ne lèverai pas le petit doigt pour un sale type dans ton genre !

– Je...

– N'essaie même pas de nier. Nous savons tous ce qui s'est passé, nous savons tous quel genre d'homme tu es.

Gunnlaugur prit sa tête entre ses mains.

– Daníel..., souffla-t-il. Pourquoi est-ce que Daníel n'est pas là ?

– Pourquoi ? Tu crois qu'il te sauverait ? répliqua Ármann d'un ton glacial.

Le cœur battant, le corps tendu à l'extrême, Helena

peinait à se ressaisir. Elle avait été en proie à la même émotion en apprenant la mort de Víkingur et ne s'était sans doute jamais vraiment remise de ce choc. La colère affleurait toujours à la surface.

Incapable de se retenir, elle se mit à hurler sur Gunnlaugur :

– Daníel est mort, tu ne veux donc pas comprendre ? La tempête l'a emporté ! On ne peut plus rien faire pour lui, et toi encore moins. Il ne va pas revenir d'entre les morts, pas plus que cet homme allongé par terre. Personne ne va te sauver. En fait, il aurait mieux valu que tu meures aussi !

Ármann

– Maintenant, ça suffit ! intervint Ármann – il avait souvent vu Helena monter dans les tours, mais rarement à ce point. On va se calmer, essayer de réfléchir de manière rationnelle pour trouver une solution.

– Daníel aurait..., commença Gunnlaugur, avant que ses mots se perdent dans un marmonnement inintelligible.

– On espère qu'il s'en est sorti, évidemment. Helena est beaucoup trop pessimiste. On doit rester positifs.

– Positifs ? siffla l'intéressée. Il y a un homme mort juste ici, à nos pieds, au cas où tu n'aurais pas remarqué.

– Helena ! lança Ármann sur un ton dur qu'il n'employait presque jamais avec elle.

Il ferma les yeux et respira l'air glacial du refuge. Puis il regarda autour de lui. Malgré le ciel qui s'était éclairci, il faisait toujours sombre à l'intérieur à cause de la neige accumulée sur les fenêtres. Gunnlaugur n'avait presque pas bougé, tout juste avait-il fait un pas en direction de la porte. Comme s'il cherchait, consciemment ou pas, une issue rapide – une illusion dans de telles circonstances. Helena s'était quant à elle détachée d'Ármann, mais elle restait juste à côté.

Il capta son regard et la fixa avec intensité, pour tenter de lui faire comprendre, sans prononcer un mot, combien il était vital qu'ils ne se retournent pas l'un contre l'autre.

– Mettre le feu… tu as dit ça tout à l'heure, mettre le feu au refuge, dit Gunnlaugur.

– Oui.

– À quoi ça va servir ?

– Comment ça ?

– Ils vont quand même retrouver le corps, non ? Ou ce qu'il en restera… ?

Ármann sourit. Gunnlaugur comprenait enfin la gravité de la situation et commençait à jouer le jeu. Sa question était d'ailleurs plutôt pertinente.

– Sans doute. Je n'en sais rien. Je n'ai jamais brûlé un corps. Tu as une meilleure idée ?

– Euh, non… Je ne sais pas ce que…, bafouilla Gunnlaugur avant de marquer une courte pause. Je me disais juste que s'ils trouvent le cadavre, enfin ce qu'il en restera, même si personne ne peut l'identifier, une enquête sera ouverte pour…

Il ne termina pas sa phrase.

– Pour retrouver l'assassin, tu veux dire ?

Gunnlaugur acquiesça.

– En effet. Et on ne peut rien y faire. Tu devras vivre avec ça, Gunnlaugur. Tu t'en rends bien compte, non ? Nous allons t'aider, ou du moins *essayer* de t'aider à rester en liberté, mais pour ce qui est de ta conscience, c'est ton problème. Il faudra que tu apprennes à vivre en sachant que tu es un meurtrier.

– Et un putain de violeur, ajouta Helena à voix basse.

Gunnlaugur

Jusqu'à cet instant, jamais personne ne l'avait appelé ainsi. Pas en sa présence.

Il avait évidemment déjà soupçonné que des histoires circulaient à propos de ce qu'il avait fait, tout en espérant qu'il se trompait. Que cette lettre anonyme, aussi terrible fût-elle, demeurait un secret, uniquement partagé par son expéditeur et lui.

Il ne pourrait pas supporter tout ce poids : la conscience du fait que *d'autres savaient* ajoutée au terrible pétrin dans lequel il venait de se jeter.

Gunnlaugur soupira.

Au fond, peut-être que cela n'avait plus d'importance. Peut-être qu'il était déjà un paria, et que le meurtre ne changerait pas grand-chose.

Peut-être devait-il simplement se rendre. Libérer Ármann et Helena de ce piège dans lequel il les avait faits prisonniers. Il trouverait bien un moyen de ne pas impliquer Ármann, si ça pouvait l'arranger.

Il songea alors aux conséquences, à la différence entre ces deux crimes.

Le viol, c'était parole contre parole, et il ne comptait certainement pas avouer sa faute, même s'il se savait coupable. Il n'y aurait jamais la moindre preuve contre lui.

S'il admettait en revanche avoir commis un homicide, il était fort probable qu'il finisse en prison.

Et ça, c'était inconcevable.

Gunnlaugur releva la tête. Ármann avait raison. À partir de maintenant, il devrait apprendre à vivre en sachant qu'il avait aussi la mort d'un homme sur la conscience.

L'idée que Daníel pourrait venir à sa rescousse était complètement tirée par les cheveux. Son ami était mort, il le sentait jusque dans sa peau. Son plus vieil ami, qui l'avait toujours protégé.

Une boule se forma dans sa gorge, mais ce n'était pas le moment de pleurer Daníel. Il fallait qu'il se concentre. Il toussota et demanda :

– Comment comptes-tu mettre le feu ?

Ármann sembla pris de court. Peut-être n'était-il pas allé au bout de sa réflexion.

– Ce n'est évidemment qu'un refuge pour les situations d'urgence, il n'y a pas de gaz, encore moins d'essence..., admit-il.

– Tu as des allumettes, ou bien un briquet... ? demanda Gunnlaugur.

Il avait presque la sensation que quelqu'un d'autre avait posé cette question. Il n'arrivait pas à croire ce qu'il était en train d'organiser, mais c'était comme si un crime excusait l'autre. Il avait tué un homme, il n'était pas à un incendie près. Du moment qu'ils ne laissaient aucune preuve derrière eux. Il négocierait avec sa conscience plus tard.

Ármann hocha la tête.

– J'ai toujours des allumettes dans mon sac à dos, ce n'est pas le problème. Il faut qu'on trouve…

– J'ai vu une bouteille d'allume-feu pour barbecue hier dans un coin, glissa Helena avec réticence, comme si elle avait décidé malgré elle de les assister dans leur mission.

– Ça pourrait marcher, acquiesça Ármann avant d'ajouter brusquement, après un court silence : Bordel de merde ! Pourquoi a-t-il fallu que tu tires sur ce type, Gunnlaugur ?

Helena

Elle se rappelait si bien sa première rencontre avec Víkingur.

Elle grelottait de froid, comme maintenant. Pourtant, le souvenir qu'elle en conservait était doux et chaud. Même de mauvaise humeur, elle retrouvait toujours le sourire en se remémorant ce lundi devant l'université. Un lundi typique d'automne, poisseux et désagréable, l'un de ces jours glacés de septembre qui évoquaient davantage l'hiver à venir que l'été passé. Étudiante depuis peu, elle avait la tête ailleurs tandis qu'elle cherchait un autre bâtiment que celui dans lequel elle avait habituellement cours. Remarquant probablement qu'elle avait besoin d'aide, il était venu lui parler et, avant même qu'elle ait eu le temps de s'en rendre compte, il l'avait invitée à prendre un café. « Ça ne sert à rien de rester dans ce froid, allons nous réchauffer un peu. » Elle ne se rappelait plus sa phrase exacte, mais il avait dû le dire à peu près comme ça, et elle avait tout de suite compris que c'était le début de quelque chose d'exceptionnel.

Tous les souvenirs liés à ce lundi étaient comme enveloppés d'un halo lumineux, y compris l'humidité glaciale de septembre et la lourdeur écrasante de l'automne. Le sol devait être recouvert de feuilles mortes humides en décomposition, mais dans sa mémoire elles parsemaient délicatement le trottoir, comme un décor mis en place sur la scène d'un théâtre, pour une pièce dont ils étaient les protagonistes. Helena et Víkingur.

Raviver ces images lui faisait du bien et l'aidait à repousser les voix d'Ármann et Gunnlaugur, ainsi que le cauchemar qui se déroulait dans ce refuge qu'ils s'apprêtaient à incendier. C'était tellement surréaliste.

Et Víkingur était au centre de tout cela.

Il avait toujours été au centre de tout, depuis le début.

Ármann

– OK, allons-y, dit-il en s'efforçant de paraître déterminé.

– Là, tout de suite ? demanda Gunnlaugur.

Ármann eut une seconde d'hésitation.

– Oui, je crois. C'est le moment.

Il jeta un coup d'œil par la fenêtre. La tempête s'était un peu calmée, même s'il neigeait toujours et que le vent continuait de souffler. Rien qui ne l'empêcherait de retrouver son chemin, toutefois. Concernant leur plan, il était moins sûr de lui. C'était probablement une mauvaise idée. Une très mauvaise idée.

Une bouteille à moitié vide de liquide allume-feu pour barbecue suffirait-elle à embraser cette baraque, aussi miteuse soit-elle ? En tout cas, un incendie ferait à coup sûr venir la police. Et le corps, ne risquait-on pas de réussir à l'identifier, même brûlé ? Grâce aux dents, par exemple ? Peut-être y avait-il une autre solution. Il soupira.

– Et à propos de ce type… ? commença Gunnlaugur, baissant les yeux sur le corps.

– Quoi ?

– Si on met le feu au refuge, on ne découvrira jamais qui c'est. Est-ce qu'on ne devrait pas se renseigner, ne serait-ce que pour avoir un peu d'avance au cas où ? Je veux dire, des gens vont le rechercher, et je...

– Tu es dingue ou quoi, Gunnlaugur ? Tu veux peut-être le prendre en photo avec ton téléphone, histoire de soulager ta conscience ?

– Non, ce n'est pas ce que je voulais dire, je m'inquiète juste de...

– Tu as raison, inquiète-toi ! Tu n'en fais qu'à ta tête. Mais après tout, c'est toi qui l'as tué. Pas nous. Alors fais ce que tu veux, OK ? Helena et moi, on se casse.

Ármann la regarda et elle acquiesça.

– On sait retourner au chalet, pas de souci, ajouta-t-elle.

Ármann vit clairement la panique s'emparer de Gunnlaugur.

– Non, je ne peux pas affronter ça tout seul. Vous devez m'aider ! supplia-t-il.

Il n'avait jamais eu l'air aussi désespéré. Dans d'autres circonstances, cela aurait peut-être laissé Ármann de marbre, mais cette fois, il ne pouvait nier éprouver un profond malaise.

– Merde, c'est ce qu'on essaie de faire ! Alors arrête de te plaindre et agis !

– Oui.

– Pour être franc avec toi, je ne sais pas comment résoudre ce casse-tête. Peut-être qu'on pourrait se contenter de déplacer le corps, à nous deux on devrait pouvoir le soulever. Il y a peu de chances qu'on croise quelqu'un et…

– Et les traces de sang par terre… ? Peut-être que mettre le feu est la seule solution ?

On discernait une nouvelle nuance dans la voix de Gunnlaugur, une nuance troublante. Il semblait osciller entre une faiblesse pitoyable et une brusque implacabilité. Peut-être pouvait-il réellement se révéler dangereux, dans les bonnes – ou mauvaises – conditions. Après tout il avait tiré, presque à bout portant, sur un homme – peut-être même avec préméditation.

– Si on se plante, on va se retrouver dans une merde noire. Il vaudrait mieux essayer d'effacer toutes les traces ici, avant de nous débarrasser du corps quelque part. Personne ne sait qu'il était là, il est peu probable que quelqu'un fasse le lien.

Gunnlaugur hocha la tête.

– C'est… c'est toi qui décides, Ármann. Moi, je ne me suis jamais retrouvé dans ce genre de situation.

Ármann faillit craquer. Son passé finissait toujours par refaire surface. Gunnlaugur faisait évidemment allusion à son ancienne vie, dont le spectre pesait sans cesse sur lui lorsqu'il était entouré de ses vieux amis. Pourtant, lui non plus n'avait jamais eu à se demander si c'était une bonne idée de provoquer volontairement un incendie.

Quoi qu'il en soit, ce n'était pas le moment de perdre son sang-froid. Ármann ignora ce commentaire plein de sous-entendus et ravala sa fureur.

– Sortons le corps et essayons de nettoyer les conneries de Gunnlaugur, dit-il d'un ton résolu.

Il fallait faire vite. Le temps n'était pas leur allié.

Gunnlaugur

Pas le choix : il fallait qu'il accepte de remettre son destin entre leurs mains.

En vérité, il ne connaissait pas Ármann et Helena si bien que ça. Peut-être même pas du tout. Ils ne se fréquentaient que par l'intermédiaire de Daníel et, au fond, il avait du mal à leur accorder sa confiance.

Certes, il avait eu le béguin pour Helena, mais il n'avait jamais vraiment su la cerner. Elle soutenait Ármann dans tout ce qu'il entreprenait, or ce dernier était parfaitement imprévisible.

Un homme que Gunnlaugur n'aurait jamais côtoyé dans d'autres circonstances. Ils étaient pour ainsi dire le contraire l'un de l'autre. Ármann était expansif, il débordait d'énergie, quitte à se montrer parfois un peu brusque, pour ne pas dire dangereux. L'unique personne dont l'opinion semblait lui importer était Helena. Elle seule parvenait à le maîtriser.

Et pourtant, aujourd'hui, Ármann n'avait rien à se reprocher, c'était lui qui avait tué un homme. Le monde à l'envers. Ármann aurait dû être à sa place, avec un cadavre sur les bras et un fusil dans les mains. Gunnlaugur aurait même pu être son avocat lors d'un éventuel procès – même si ses supérieurs ne lui auraient sans doute jamais confié une affaire d'une telle ampleur.

Il avait la sensation qu'on cherchait à le piéger. Un sentiment diffus mais désagréable qu'il ne parvenait pas à s'expliquer. Cette suspicion ne s'appuyait sur rien de tangible. Non, ils ne le manipulaient pas, au contraire, ils étaient prêts à le soutenir. Sans eux, il serait dans une situation encore plus délicate, et ce serait le tribunal assuré. Voire la prison.

Mais rien n'y faisait, il ne parvenait pas à se débarrasser de cette impression. Ces deux-là semblaient cacher quelque chose, même si cela paraissait complètement absurde – après tout, c'était bien lui qui avait appuyé sur la détente, qui avait tiré et tué cet homme. Car il était bien mort, non ?

– On est absolument certains qu'il… ?

– Qu'il est mort ? l'interrompit Ármann. Qu'est-ce que tu crois ? Tu lui as tiré dans le cou à bout portant !

Gunnlaugur ne dit rien.

– Il ne bouge pas. Il y a du sang partout. Tu veux vérifier son pouls ? Ce n'est pas moi qui vais le faire pour toi.

– Hein ? Non, non, je…

– C'est toi qui lui as tiré dessus, après tout.

Gunnlaugur fit quelques pas en arrière. Il ne pouvait concevoir de s'approcher du corps, même s'il savait qu'il finirait sans doute par le déplacer avec Ármann.

– Tu t'en vas, Gunnlaugur ?

C'était Helena qui lui avait posé la question, et elle avait une drôle d'expression sur le visage, comme si elle était contente de le voir souffrir ainsi. Non, impossible. Il fallait qu'il prenne garde à ne pas laisser son imagination s'envoler. Il devait rester calme, ne pas perdre pied.

S'il n'agissait pas maintenant, c'était la prison assurée, en plus de voir sa réputation ternie à tout jamais. Il ne pourrait légalement plus exercer en tant qu'avocat au terme de sa peine – ce qui ne changeait pas grand-chose, car de toute façon, personne ne voudrait plus l'engager.

Il était temps de faire taire sa paranoïa et de regarder la réalité en face.

Il avait commis un crime horrible.

Et à cet instant, Helena et Ármann étaient ses seuls amis.

Helena

Peu importait ce qui suivrait. Quoi qu'il advienne, elle soutiendrait Ármann de son mieux, ce qui signifiait aussi soutenir Gunnlaugur, malheureusement.

De toute façon, même si tout ça virait à la catastrophe, elle serait épargnée. Ármann s'en assurerait, comme il l'avait toujours fait.

Elle devait juste garder la tête froide, prendre son courage à deux mains et en finir. Elle avait tellement hâte de retrouver son lit, de se pelotonner sous sa couette dans son nouvel appartement, en plein cœur de la ville. Elle se concentra sur cette pensée – cela l'aiderait sûrement à se détendre. Elle venait d'acheter cet appartement, elle n'était même pas encore tout à fait installée. La prochaine étape, ce serait de trouver un canapé confortable, et d'autres meubles. Elle s'attellerait à cette tâche dès la semaine suivante.

Tout se passait si bien. Pourquoi avait-il fallu que Gunnlaugur tire sur ce type ?

Le fait qu'il puisse s'en sortir indemne lui était insupportable. Pour que justice soit faite, peut-être devrait-elle contacter la jeune fille qu'il avait violée et l'encourager à porter plainte ? Elle n'avait plus aucun doute sur la véritable nature de cet homme, et même si cette affaire ne la concernait pas directement, une chose était sûre dans son esprit : les criminels comme lui devaient recevoir la punition qu'ils méritaient, quel que soit le moyen employé pour y parvenir.

Ármann

Jetant un coup d'œil rapide à la fenêtre, il distingua la clarté blême du matin à travers la couche de neige qui recouvrait la vitre.

Il fallait agir vite. Ármann n'était pas certain de l'issue qui les attendait. Pour le moment, il n'avait qu'un seul moteur : son instinct de survie. Ainsi que son désir de protéger Helena, comme toujours.

Il repensa à Daníel, perdu et livré à lui-même dans ce désert hostile, sans doute mort depuis longtemps. Mourir de froid pouvait cependant prendre un long moment, bien plus que ce que la plupart des gens soupçonnaient ; le corps humain pouvait montrer une capacité extraordinaire à résister dans des conditions extrêmes. Ils n'avaient toutefois aucune chance de tomber sur lui. Dieu seul savait où son corps gisait dans la neige, coincé entre deux congères, à quel endroit il avait contemplé les ténèbres pour la dernière fois en songeant que c'était terminé, que personne ne viendrait à sa rescousse.

C'était le sentiment le plus insoutenable : être seul, abandonné, et voir tout espoir s'étioler peu à peu.

Ármann s'était résolu depuis bien longtemps à façonner son destin de ses propres mains, à agir en refusant d'être une victime, et même s'il lui était arrivé de dévier de sa trajectoire, ce principe de vie lui avait plutôt été favorable. À cet égard, Helena lui ressemblait beaucoup.

– Bon, on y va ? lança-t-il à Gunnlaugur.

Celui-ci s'était encore rapproché de la porte, comme s'il voulait rester le plus loin possible d'eux et du cadavre. Si Ármann ne le savait pas aussi lâche qu'incapable de s'orienter, il aurait pu craindre de le voir prendre la fuite. Mais sans son aide ou celle de Helena, il ne saurait comment regagner la civilisation.

Gunnlaugur

La perspective d'aider Ármann à porter le cadavre hors du refuge pour le faire disparaître quelque part… Gunnlaugur en avait la nausée.

– Eh oh, tu m'entends ? appela Ármann.

Mais Gunnlaugur ne distingua que quelques syllabes éparses, comme si son corps refusait d'écouter.

– Oui, j'arrive, répondit-il.

Pourtant il resta immobile encore un instant, avant de reculer d'un pas pour finalement s'adosser à la porte.

Tour à tour, il regarda Ármann et Helena avec la sensation qu'ils s'approchaient de lui, et que les murs se resserraient sur lui. Il fallait qu'il sorte, qu'il prenne l'air, qu'il remplisse ses poumons d'oxygène et se libère un instant de ce cauchemar.

– Gunnlaugur ! Gunnlaugur !

Cette fois, il ne savait même pas lequel des deux l'appelait. Peut-être scandaient-ils son nom en chœur.

Et peut-être qu'en réalité, personne ne l'appelait.

– Gunnlaugur !

Soudain, toute la cabane se mit à trembler, ce refuge miteux devenu le théâtre d'une tragédie sans nom ; ses murs étaient les rideaux de scène, le sifflement du vent tenait lieu d'orchestre et quelque part, tapi dans un recoin obscur, le metteur en scène les observait.

L'estomac de Gunnlaugur se noua. Ce tremblement était-il issu de son imagination, ou venaient-ils de subir un séisme en plus de tout le reste ? Était-ce possible ?

Le sol et les murs vibrèrent de plus belle. Pas de doute, ce n'était pas son imagination.

Il essaya de recouvrer ses esprits.

Helena

– Quelqu'un… quelqu'un frappe à la porte, souffla Helena avant de se tourner vers Ármann pour en avoir la confirmation.

Avec les acouphènes toujours intenses qui lui bouchaient les oreilles, elle ne pouvait en être certaine, et la tension qui régnait dans la petite cabane était telle que son imagination lui avait peut-être joué un tour.

Ármann hocha la tête, et pour la première fois elle crut déceler de l'inquiétude dans son regard. Il était censé ne jamais avoir peur !

– Je crois, oui…

– Gunnlaugur ! Pousse-toi ! Il y a quelqu'un dehors, lança-t-elle d'une voix forte.

Il sembla enfin revenir à lui. Il devait pourtant bien avoir entendu les coups, et même les avoir sentis, collé à la porte comme il l'était.

Il ne bougea pas.

– Pousse-toi ! répéta Helena, même si en réalité, elle aurait préféré qu'il s'abstienne.

Une sorte d'équilibre de la terreur s'était instauré

entre eux trois. La haine, la colère, la peur et l'instinct de survie dirigeaient tout. Et à présent, elle craignait que cet équilibre vacille. Si ses soupçons s'avéraient, elle n'osait imaginer comment tout cela se terminerait.

Soudain, Gunnlaugur bondit et faillit s'étaler par terre, comme si quelqu'un venait de le bousculer, tandis que derrière lui la porte s'ouvrait à la volée.

Helena baissa les yeux malgré elle.

Elle ne voulait pas affronter la réalité. Pas tout de suite.

Daníel

La porte ne s'ouvrait pas. Il rassembla les dernières forces qu'il lui restait pour la pousser, mais elle ne s'entrebâilla que de quelques centimètres. Quelque chose de lourd bloquait le passage.

Refusaient-ils de le laisser entrer ? Ce ne serait pas si surprenant… Toute la nuit, alors qu'il luttait contre le blizzard, il avait tenté de réunir les pièces du puzzle, essayé de comprendre ce qui se tramait véritablement.

Peut-être avait-il toujours eu des soupçons, quelque part dans son inconscient, soupçons qu'il n'avait pas osé affronter.

Comment avait-il réussi à survivre à une telle tempête de neige ? Cela demeurait un mystère pour lui. Il ne sentait presque plus ses doigts et ses orteils à cause de ce froid sans pitié, ce froid qui avait failli le tuer. Quelques minutes seulement après avoir quitté Helena, il se sentait déjà totalement désorienté, bataillant avec les tourbillons de flocons épais, incapable de dire s'il suivait une direction ou s'il tournait en rond. Il avançait et ne reconnaissait rien ; tout éventuel repère était maintenant recouvert par les congères qui s'élargissaient et grandissaient partout autour de lui. Il avait erré dans ces champs de neige sans fin, cette étendue immaculée qui s'apparentait de plus en plus à un ultime lieu de repos, car peut-être était-ce ainsi que cela devait se terminer pour lui, peut-être était-ce écrit… De temps à autre, des cabanes fantômes lui apparaissaient, mirages rapidement effacés. Le salut était une illusion, et il sentait le froid pénétrer au plus profond de son être.

À un moment, il était tombé dans la neige et était resté allongé là, épuisé. Le vent rabattait sur lui des paquets de poudreuse glacée. Il avait fermé les yeux. Il lui paraissait plus simple d'abandonner, de succomber.

Mais alors qu'il avait baissé les bras, qu'il s'était préparé à faire face à la mort, il avait senti naître en lui comme une étincelle d'espoir, le début d'un regain d'énergie, la conviction qu'il pourrait s'en sortir avec un petit effort supplémentaire. Avec difficulté, il s'était relevé et, s'efforçant tant bien que mal d'ignorer le froid et la violence du vent, il s'était remis en route d'un pas titubant, presque en rampant, guidé par son seul instinct. Impossible de déterminer la direction à prendre, mais il commençait à douter de l'existence même du second refuge. Il avait alors décidé de faire demi-tour. Pourquoi avait-il accepté de repartir par ce temps ? Il avait le sentiment qu'Ármann et Helena ne lui avaient pas laissé le choix. Pourquoi voulaient-ils tant l'envoyer dans cette tempête ?

Alors qu'il se débattait pour avancer, s'enfonçant à chaque pas dans une profonde congère, il espérait retrouver Helena sur son chemin et la secourir, elle qui peut-être gisait quelque part, blessée et affaiblie. Il criait son nom avec le peu d'énergie qui lui restait, mais le son semblait se perdre dans la nuit, avalé par le vent furieux. Il avait beau tendre l'oreille, aucune réponse ne lui parvenait.

Au bout de quelques heures, le simple désir de rester en vie était devenu son unique moteur. L'instinct de survie avait quelque chose d'extraordinaire. Daníel s'était surpris lui-même. Malgré son épuisement – il avait failli s'évanouir plusieurs fois –, il était parvenu à revenir sur ses pas, par miracle, et grâce à son incroyable chance. Il avait repéré puis suivi un ruisseau qu'il pensait avoir vu en quittant le refuge avec Helena, et le ciel s'était un peu dégagé, la neige tombant en un rideau moins épais, ce qui avait sans doute alimenté sa détermination. Son optimisme s'était accru à mesure que la clarté de l'aube revenait. Jusqu'à la voir enfin : la petite silhouette carrée de la cabane sur l'horizon.

Maintenant que la sécurité d'un abri lui tendait les bras, il ne pouvait pas croire qu'on lui en refusait l'accès. Poussant la porte de toutes ses forces, il parvint enfin à l'ouvrir et pénétra en trébuchant dans le refuge.

Il essuya ses yeux humides de neige. Devant lui se tenait Gunnlaugur. L'obscurité qui régnait encore à l'intérieur l'empêchait de voir plus loin ; il prit son ami dans ses bras, plus heureux et soulagé que jamais de le voir – de voir un être humain, à vrai dire. Toute méfiance avait disparu, à cet instant il se sentait juste sain et sauf, parmi des gens qui ne lui voulaient que du bien. La météo s'améliorait, bientôt il quitterait ces hautes terres maudites pour retourner chez ses parents à Reykjavík, puis au plus vite à Londres, chez lui, avec son amie.

Ses pensées se dirigèrent alors vers la pauvre Helena, blessée et perdue quelque part dans la montagne. Il fallait impérativement la retrouver et la sauver.

Ármann

Quand il avait entendu les coups sur la porte, Ármann aurait immédiatement dû se douter qu'il s'agissait de Daníel. Mais il était convaincu que celui-ci était mort dans la nuit. Impossible d'imaginer une seule minute qu'une mauviette pareille soit capable de survivre à une telle tempête. Ármann avait eu tort, il devait le reconnaître. Il se tenait bien là devant lui, cet acteur raté, ce minable. Bien plus vivant que l'homme qui gisait à leurs pieds.

Daníel resta un moment collé à Gunnlaugur, le tenant dans ses bras, puis il le poussa pour rentrer et se protéger du froid.

Le vent glacial s'engouffrait à toute vitesse par la porte ouverte. Ármann réprima un frisson, mais les ennuis auxquels il devait désormais faire face étaient bien plus graves qu'un courant d'air froid. Il avait déjà assez de mal à déterminer ce qu'il devait faire de Gunnlaugur et du cadavre qu'ils avaient sur les bras sans que Daníel s'ajoute à la liste. Peut-être, pour diverses raisons, allait-il même devenir leur plus gros problème.

– Daníel, dit-il presque dans un murmure – pourtant le mot résonna dans tout le refuge, comme s'il avait été lancé dans un silence absolu.

Gunnlaugur fit un pas de côté et Daníel haleta :

– Je... J'ai cru que je n'allais pas y arriver, je... Et Helena, il faut qu'on...

Il s'interrompit, interdit. Son regard venait de se poser sur elle.

Ármann la regarda à son tour. Elle fixait Daníel sans cligner des yeux.

Le silence commençait à se faire long et pesant, mais Ármann ne voulait pas le rompre tant qu'il ne trouvait pas une petite idée assez efficace pour résoudre le casse-tête qui venait de se présenter, et du même coup diluer la tension qui flottait dans l'air.

– Je te croyais blessée, reprit enfin Daníel. Je te croyais perdue dans la neige. Seule.

Il avait encore du mal à retrouver son souffle. Son expression changea, son regard se fit soudain plus perçant. Derrière lui, des flocons se frayaient un chemin à l'intérieur par la porte demeurée ouverte.

Ármann regarda à nouveau Helena. Immobile, elle n'avait toujours pas prononcé un mot.

– Tu ne t'es pas tordu la cheville ? insista Daníel. Je me suis beaucoup inquiété pour toi. Je pensais que tu étais en train de mourir de froid dehors...

Helena répondit enfin :

– Tu veux dire comme Víkingur ?

Helena

Elle n'avait pas eu l'intention de prononcer ces mots, mais elle n'avait pas pu s'en empêcher. Ils étaient sortis tout seuls lorsqu'elle avait regardé Daníel dans les yeux. *Tu veux dire comme Víkingur ?*

Comment diable était-il parvenu à survivre à une tempête pareille ?

Elle l'avait sous-estimé. Jamais elle ne l'aurait soupçonné d'avoir la force – mentale comme physique – de s'en sortir.

Et maintenant, elle avait prononcé le nom de Víkingur. Ce nom qui avait plané au-dessus d'eux tout le week-end, sans avoir jamais été mentionné.

Daníel ne lui répondit pas immédiatement, mais elle voyait bien qu'il était abasourdi, qu'il cherchait à comprendre. Malgré l'épreuve qu'il venait de subir, il semblait suffisamment lucide pour réussir à assembler les pièces du puzzle. La surprise initiale céda la place à la peur, puis à une fureur intense. Mais peut-être surinterprétait-elle son expression, peut-être n'y voyait-elle que ce qu'elle voulait y voir ; dans leur situation, il devenait difficile de discerner la frontière entre l'imagination et le réel. Elle était épuisée, elle avait froid, et tout ce qu'elle souhaitait à présent, c'était partir d'ici. Le vent avait emporté tous les plans qu'elle avait échafaudés. Il fallait l'accepter. Il y avait un temps pour tout.

Surprise, peur et intense fureur.

Oui.

Observer Daníel à cet instant, voir la lumière se faire dans son esprit était une consolation. Il ne la lâchait plus des yeux, et elle sentit poindre en elle une certaine appréhension devant son regard insistant.

Pourtant, il n'y avait aucun danger. Il ne pourrait jamais l'attaquer sans qu'Ármann réagisse. Ils avaient toujours été là l'un pour l'autre. Oui, dès le premier jour.

Daníel

Il s'autorisa quelques secondes pour digérer ce qu'il venait d'entendre, comme si le temps s'était arrêté.

Il avait failli connaître le même destin que Víkingur.

Il était passé si près de la mort.

Le fait qu'il soit ici, encore vivant, était une pure chance.

Et Helena restait là, face à lui. Indifférente, comme s'il ne s'était rien passé.

Il l'avait vue tomber, se blesser. Elle lui avait assuré qu'elle pouvait à peine marcher. Un mensonge, de toute évidence.

D'ailleurs, quelqu'un lui avait-il dit la vérité, à part Gunnlaugur ? Le même Gunnlaugur qui avait révélé des côtés troublants de sa personnalité…

Daníel baissa la tête et lorsque son regard se posa sur le sol, il fit un bond en arrière, les yeux exorbités. Il n'en revenait pas.

L'inconnu, assis plus tôt dans un coin du refuge, gisait par terre. Il semblait être en train de se vider de son sang, probablement presque mort, si ce n'était pas déjà le cas.

C'était une vision à la fois effroyablement réelle et totalement absurde. Bon sang, qu'avait-il bien pu se passer au cours de la nuit ?

– Il est… ?

Daníel leva les yeux sur Ármann, puis Helena. Gunnlaugur lui tournait toujours le dos.

Ármann hocha la tête.

– Il y a eu un petit accident, dit-il d'une voix si froide et détachée que Daníel se demanda une seconde s'il n'était pas lui-même en danger – mais il n'avait nulle part où aller.

– Un petit accident… ? répéta-t-il, incrédule. Tu lui as tiré dessus ? lui lança-t-il en remarquant le fusil par terre. Pourquoi tu as fait ça ? Dans quoi j'ai débarqué ?

– Ce n'est pas moi qui lui ai tiré dessus, répondit Ármann, toujours glacial.

– Qui, dans ce cas ? Il ne s'est pas fait ça lui-même !

– Ton cher ami Gunnlaugur a décidé de tuer ce pauvre type. Mais maintenant que tu es revenu, tu vas peut-être pouvoir nous donner des idées. Nous ne savons pas quoi faire.

Daníel en resta bouche bée.

– Alors Daníel ? insista Ármann. Qu'est-ce que tu proposes ?

– Je… J'essaie encore de comprendre ce qui se passe, putain… Il est mort ?

– On dirait bien.

Daníel saisit l'épaule de Gunnlaugur qui se retourna

entement. D'une pâleur terrifiante, il semblait avoir vieilli de plusieurs années en une seule nuit.

– Gunnlaugur, que s'est-il passé ?

– C'est la vérité, répondit celui-ci d'une voix rauque, méconnaissable. C'est moi qui lui ai tiré dessus.

– Pourquoi ? fit Daníel en essayant avec difficulté de rester calme – l'atmosphère était déjà suffisamment électrique.

– C'était un accident, Daníel. J'avais le fusil dans les mains et... il...

– Il t'a attaqué ?

– Non, enfin... c'est ce que j'ai cru, tu vois ? Il s'est levé et... j'ai cru qu'il voulait nous tuer. Je t'assure. Je pensais qu'il allait...

L'air terrorisé, Gunnlaugur bafouillait et peinait à finir ses phrases.

– Mais qui est-ce ? Ou plutôt, qui était-ce ? demanda Daníel en les regardant un à un.

– Aucune idée, répondit Ármann en haussant les épaules. Demande à ton pote. Peut-être qu'ils se connaissaient, vu qu'il lui a tiré dessus.

Daníel songea un instant qu'aussi invraisemblable que cela paraisse, c'était peut-être vrai. Peut-être existait-il un lien entre l'inconnu et Gunnlaugur, le genre de lien qui pouvait mener à un meurtre de sang-froid...

Non, voilà que la paranoïa le reprenait. Gunnlaugur était son ami, il lui faisait confiance, même si celui-ci ne lui avait pas toujours rendu la tâche aisée. Daníel avait entendu parler du viol. Et maintenant, Gunnlaugur avait tué un homme par accident.

– On n'a pas de réseau ici, mais le temps semble se calmer. On devrait peut-être essayer de retourner au chalet ? Et d'appeler la police dès qu'on le pourra ?

Lorsqu'il était entré dans le refuge quelques minutes plus tôt, il ne pensait pas pouvoir faire un seul pas de plus. Mais le choc semblait avoir chassé sa fatigue.

Gunnlaugur baissa les yeux et resta muet.

Daníel se tourna vers Helena qui, impassible, lui rendit son regard. Il faudrait qu'elle s'explique, elle aussi, se dit-il.

Ce fut Ármann qui prit la parole :

– Bonne idée, si tu veux que Gunnlaugur perde tout ce qu'il a : sa réputation, son travail. Si tu veux qu'on le juge et qu'on le condamne comme un meurtrier. C'est ce que tu veux ? Du coup, on fait quoi ? On vote ?

Ármann

Il n'était évidemment pas sérieux, mais ça, Daníel ne pouvait pas le savoir.

Ármann craignait que celui-ci finisse par comprendre toute l'affaire. Il avait bien remarqué le regard qu'il avait jeté à Helena. Daníel n'était pas le genre de type qui se laisse rouler dans la farine.

– On vote ? répéta-t-il. Comment ça ?

– Nous envisagions d'autres options, même si aucune ne nous paraissait idéale.

– D'autres options ?

– Pour essayer de sauver Gunnlaugur. Mais peut-être que tu ne veux pas tirer ton ami de ce faux pas ?

– De ce faux pas ? Tu te fous de moi ? Ce n'est pas un putain de faux pas ! Il a tué un homme !

– Oui, répondit Ármann.

– C'était quoi, ces autres options ?

– Nous en parlions justement quand tu es arrivé. L'une d'elles serait de mettre le feu au refuge, si on a assez de combustible. Mais je ne sais pas si ça marcherait, et quand bien même, ça mènerait nécessairement à une enquête de police. Il vaudrait mieux…

Gunnlaugur finit sa phrase :

– … le faire disparaître.

– Qui ça ? Cet homme que tu as tué ? demanda Daníel.

– Oui, je n'avais pas l'intention…

– On doit juste se débarrasser du corps. Ça paraît faisable, l'interrompit Ármann. Je me sens capable d'assumer ça, Gunnlaugur pourra retourner au travail lundi, et nous, on ne sera pas embarqués publiquement dans cette histoire, rien à craindre pour nos carrières et nos réputations. Je ne connaissais pas ce type, et personnellement, je ne lui ai rien fait. Mais je ne me porterais pas mieux en sachant Gunnlaugur en prison.

Muette depuis un moment, Helena s'immisça dans la conversation :

– Moi, j'hésite. En fait, pour moi, sa place est derrière les barreaux.

Gunnlaugur

Se débarrasser du corps.

Gunnlaugur avait la plus grande difficulté à se connecter avec la réalité. Jamais il n'aurait cru prendre un jour part à une telle conversation, et encore moins en être lui-même le centre.

Ármann et Helena avaient d'abord décidé de lui apporter leur soutien, mais maintenant que Daníel s'était joint à eux, Helena semblait sur le point de changer d'avis. Heureusement, Daníel restait son allié le plus fidèle.

Au début, Gunnlaugur s'était senti prêt à prendre ses responsabilités mais, à présent, il était déterminé à tout faire pour s'en sortir indemne. Il ne pouvait pas affronter la honte d'être traîné devant les tribunaux, et encore moins un potentiel séjour en prison. L'idée même de se retrouver derrière les barreaux le submergeait de terreur. Il ne supportait pas l'enfermement, et la simple perspective d'être privé de liberté, de vivre reclus entre quatre murs lui donnait déjà la sensation d'étouffer.

– Daníel, tu sais que je ne peux pas aller en prison, n'est-ce pas ? demanda-t-il à son ami en essayant de dissimuler son désespoir. On va trouver une solution, nous deux et Ármann, quoi qu'en dise Helena…

Daníel ne répondit pas immédiatement.

– Hein, Daníel ? Hein ?

– Je ne sais pas ce qui s'est passé pendant mon absence, dit-il enfin. Et je ne suis pas sûr de vouloir le savoir…

– Il n'y a rien à savoir… C'était juste un accident…

Ne semblant plus l'écouter, Daníel poursuivit :

– Tout ce que je sais, c'est que je ne veux pas être mêlé à ça. Je vais rentrer chez moi, et aussi vite que possible.

– Qu'est-ce que tu veux dire ? lâcha Gunnlaugur.

– Je veux dire que maintenant, c'est chacun pour soi. Parfois, ça se passe comme ça, et c'est tout. Helena m'a laissé seul dans cette foutue tempête pour trouver un refuge qui n'existe peut-être même pas, et par miracle, je m'en suis sorti. Alors je ne vais certainement pas aider qui que ce soit à s'en tirer après avoir commis un meurtre.

– Mais Daníel, ce n'était pas un meurtre, tu le sais bien…

– Je n'en sais rien du tout.

– Dans ce cas, que proposes-tu ? demanda Ármann à Daníel avec emportement.

– Je n'ai pas de proposition à faire. Ça ne me regarde pas. Mais si vous croyez que je vais vous aider à incendier une maison ou à enterrer un corps, vous rêvez…

– Il n'est pas question de…, commença Gunnlaugur.

Il fut aussitôt interrompu par Ármann :

– Tais-toi une seconde, Gunnlaugur !

Puis, se tournant vers Daníel, il ajouta :

– Tu ne vas pas aider ton ami ? Tu vas le laisser aller en prison, peut-être pour seize ans ? Tu te fous de ce qui peut bien lui arriver, c'est ça ?

Gunnlaugur avait la sensation d'avoir un nœud coulant autour du cou, et que Daníel le serrait petit à petit.

– Non, je ne m'en fous pas, mais je ne compte pas enfreindre la loi pour lui. Ni pour personne d'autre. D'ailleurs, je ne sais pas si ce serait l'aider. Gunnlaugur ne pourrait jamais vivre avec ça sur la conscience. Il finirait par se rendre et devrait raconter à la police tout ce qui s'est passé, y compris vos petites manigances. Et même s'il résiste et garde le secret, ce genre de choses finit toujours par ressortir un jour ou l'autre…

– C'est vrai, glissa soudain Helena. Tout finit toujours par ressortir. On ne peut pas cacher un crime comme ça indéfiniment – un meurtre, je veux dire.

Gunnlaugur remarqua qu'elle fixait étrangement Daníel en prononçant ces mots.

Helena

Daníel ne lui répondit pas.

Elle ne s'était pas attendue à ce qu'il le fasse, de toute façon.

Aussi lâche que son ami. Ou son ancien ami – son amitié avec Gunnlaugur ne tiendrait pas la journée.

– Tout finit toujours par ressortir, insista-t-elle devant son absence de réaction.

– J'étais moi-même plus mort que vif tout à l'heure. Je serais toi, je m'abstiendrais de faire des leçons de morale, répliqua-t-il enfin.

– Et tu comptes faire quoi, Daníel ? Puisque tu ne veux pas nous aider.

– Je ne vois pas pourquoi je le ferais.

– Donc, si tu ne nous aides pas, tu comptes faire quoi ?

– Comment ça ?

– Tu vas essayer de nous arrêter ? Peut-être même dénoncer ton ami à la police ?

– Putain, Helena, je n'y ai pas réfléchi, OK ? Lâche-moi un peu ! Je viens juste de retrouver le refuge, je suis encore mort de froid, j'arrive à peine à réfléchir. Vos conneries ne me regardent pas, point barre. Je ne sais pas si je dénoncerai Gunnlaugur aux flics, mais une chose est sûre : je ne mentirai pas pour vous, si c'est ta question. Un innocent est mort, et je ne sais pas pourquoi. Vous trouvez ça normal, vous ? Vous envisagiez sérieusement de cramer cette cabane ? Brûler toutes les preuves ? Vous pensez que personne ne le recherche, cet homme ?

Helena haussa le ton et se mit presque à crier :

– Bon sang Daníel ! Ça ne te dérange pas de jouer avec la vie de tes amis comme ça ? Et si tu étais à sa place ?

– Je n'irai pas en prison pour Gunnlaugur, que ce soit bien clair. Je n'ai rien fait à part accepter de participer à ce putain de voyage. Grossière erreur. Et je ne comprends pas pourquoi vous deux, vous tenez subitement à sauver Gunnlaugur… Il y a quelque chose qui cloche. Vous me faites marcher, c'est ça ? Et Helena, j'attends encore que tu m'expliques ce qui s'est passé exactement cette nuit.

– Ferme la porte, au moins, Daníel, intervint Ármann – peut-être pour diluer un peu la tension. Je gèle sur place.

Daníel hocha la tête, fit un pas de plus à l'intérieur et poussa le battant.

Ils étaient donc à nouveau réunis tous les quatre, en plus de l'inconnu que Gunnlaugur avait tué. La situation n'aurait pas pu être pire, pourtant Helena avait la sensation que ce cauchemar était loin d'être fini…

Daníel

Il allait lui falloir résister à la pression d'Ármann et Helena, qui ne céderaient pas facilement. Il s'inquiétait moins de Gunnlaugur, qui avait pourtant bien plus à perdre.

C'était d'ailleurs ce qui intriguait le plus Daníel. Pourquoi Ármann et Helena semblaient-ils subitement tenir à aider Gunnlaugur ? La petite sortie d'Ármann sur ce que leurs carrières pourraient subir à cause de cette histoire ne l'avait pas du tout convaincu.

Et pourquoi Helena avait-elle feint une entorse ? Il avait bien remarqué qu'elle ne boitait plus. Et elle n'aurait jamais pu revenir au refuge seule si elle avait été aussi salement blessée qu'elle le prétendait cette nuit. Pourquoi l'avait-elle envoyé vers une mort quasi certaine ?

– On doit se serrer les coudes, Daníel, on n'a pas le choix, dit Ármann d'une voix ferme, bien qu'un peu forcée.

Chaque chose en son temps, pensa Daníel.

– D'abord j'aimerais que Helena s'explique à propos de cette nuit. Ensuite, nous parlerons de Gunnlaugur.

– Nous n'avons pas l'éternité devant nous. Il fait déjà jour et...

– Helena, pourquoi m'as-tu menti ?

Daníel la fixa du regard, certain qu'elle nierait. Mais à sa grande surprise, elle lui répondit :

– Cela aurait été si terrible, de mourir comme ça ?

– Que veux-tu dire ?

– Comme Víkingur.

À nouveau, la mention de ce nom glaça Daníel.

Il avait si souvent imaginé la mort de Víkingur, là-bas sur la montagne, la vie quittant peu à peu son corps, le froid finissant par l'anéantir. Ces pensées l'assaillaient autant lorsqu'il dormait que lorsqu'il était éveillé.

Il se souvenait de lui, le dernier jour, de son énergie lumineuse habituelle, que rien ne pouvait faire vaciller. Un homme robuste, solide, pour ainsi dire invulnérable. Jamais Daníel n'aurait imaginé que les forces de la nature pouvaient avoir le dessus sur lui. Il était persuadé que Víkingur regagnerait la civilisation, qu'il trouverait au moins un abri.

Mais l'impossible avait eu lieu, Víkingur était mort de froid. Et Helena ne s'en était jamais remise. Son chagrin n'était plus visible au premier regard, comme les premiers mois, mais il était clair que le choc l'avait détruite. Pour toujours.

Elle ne lui en avait cependant jamais parlé de manière aussi directe.

– Sans vouloir te froisser, je ne comprends pas

pourquoi tu mêles Víkingur à cette conversation. Ce qui lui est arrivé est terrible, et Dieu merci, la nuit qui vient de passer s'est mieux terminée.

Il marqua une pause avant de reprendre :

– Enfin, pour moi. Évidemment, pas pour…

Il désigna l'homme gisant par terre.

– Mais nous *allons* en parler, de Víkingur. Il est mort. Pas toi. Parlons de…

– Helena, glissa Ármann. Ce n'est ni le lieu ni le moment de…

– Oh que si, c'est même le lieu et le moment parfaits, siffla-t-elle en guise de réponse, puis, se tournant à nouveau vers Daníel : Quand as-tu vu Víkingur pour la dernière fois ?

– Quoi ? fit-il, incrédule.

– Quand, Daníel, quand ? C'est une question simple.

– Qu'est-ce que ça peut faire ? Je ne m'en souviens même pas…

– Bien sûr que si ! Tu te souviens forcément de la dernière fois où tu as vu ton meilleur ami.

Daníel hésita, avant de répondre :

– La veille de sa disparition. Nous avons passé la soirée chez moi, mais je ne vois pas le rapport. Pourquoi doit-on parler de lui ?

– Parce qu'il est mort.

Ármann

Pourquoi fallait-il qu'elle évoque Víkingur ?

Ármann aurait dû s'y attendre, dans de telles circonstances, sous une telle pression. Sans parler du fait que, quoi qu'il arrive, ils étaient foutus.

Peut-être se disait-elle qu'elle n'avait plus rien à perdre, et que les mots qu'elle prononçait ici, dans ce refuge, n'auraient pas de conséquences une fois qu'ils auraient regagné la civilisation.

Mais il fallait qu'il garde son calme. Il n'était pas en colère contre elle. Jamais il n'avait été furieux contre Helena.

– Je sais bien qu'il est mort. Et c'est terrible, mais pour le moment nous essayons de... en fait, je ne sais pas vraiment quoi..., fit Daníel, avant de terminer sa phrase dans un marmonnement inintelligible.

– Nous allons parler de Víkingur, asséna Helena, toujours plus déterminée.

Ármann avait envie de l'interrompre, mais il la connaissait par cœur : dans un moment comme celui-là, personne n'aurait pu l'arrêter.

– Alors allons-y, parlons-en ! s'exclama Daníel d'un ton vif. C'était loin d'être un saint, comme tu sembles le croire. Il avait un sale caractère et pouvait être insupportable, même si nous l'aimions tous.

– Et vous vous êtes vus la veille de sa mort, c'est ça ?

– C'est ce que je viens de te dire.

– Plus jamais après ça ?

Attentif au moindre détail, Ármann remarqua l'hésitation de Daníel. Une demi-seconde à peine perceptible, qu'il aurait laissée passer s'il ne l'avait pas guettée. Et il savait que Helena l'avait relevée, elle aussi.

– Bien sûr que non. Personne ne l'a revu après ça. Il est parti en montagne et s'est perdu. J'ai parfois l'impression que tu cherches quelqu'un sur qui rejeter la faute. Les choses se sont passées comme elles se sont passées. On ne peut pas toujours trouver un coupable.

– Je crois qu'il n'était pas seul, ce jour-là, Daníel.

Le point de scission était de plus en plus net, et la tension augmenta d'un coup au sein du refuge. Même Gunnlaugur tressaillit, lui qui avait semblé presque inconscient jusqu'ici.

Daníel répondit :

– Quel est le rapport entre Víkingur et notre situation ? Et pourquoi tu m'as menti, Helena ? Je n'y comprends rien. À moins que…

Ármann jeta un coup d'œil à Helena.

– Pourquoi vous nous avez traînés ici ? demanda Daníel. Qu'est-ce que vous comptiez nous faire ? Ou plutôt… me faire ?

Il avait visiblement commencé à échafauder une théorie.

– Cette fois ça suffit, on rentre, reprit-il avec détermination – lorsqu'il avait décidé quelque chose, impossible de lui en faire démordre. Et on va voir la police, OK ? Je ne sais pas ce qui se passe ici, mais il est hors de question que je vous aide à dissimuler un meurtre.

Soudain, Ármann eut la sensation que le poids du monde pesait sur ses épaules. La tension grimpa encore et le sang se mit à battre dans ses tempes. Il jeta un regard intense à Daníel tandis que ce dernier baissait les yeux sur l'homme étalé par terre, l'homme qui était la source de tous leurs problèmes.

– Pourquoi a-t-il fallu que tu survives ? gronda Ármann.

Daníel

Daníel ne s'attendait pas du tout à cela.

Par son obstination, il avait clairement éveillé chez ses anciens amis de la colère et de la frustration, et bien sûr l'enjeu était de taille, tout au moins pour Gunnlaugur – même si celui-ci restait étonnamment en retrait. Daníel voulait juste rentrer chez lui, il se sentait pris au piège et soupçonnait qu'on l'avait traîné dans ce désert de glace comme on mène un agneau à l'abattoir.

Il avait le regard ailleurs, fixé sur l'homme sans vie étalé par terre, lorsque Ármann s'était jeté sur lui.

Il n'était pas préparé. Sans défense.

Certes, Ármann avait ses démons, et ils étaient nombreux, mais jamais il n'avait fait preuve de violence envers ses amis.

Daníel s'effondra au sol dans un grand fracas et parvint de justesse à protéger sa tête.

D'une force herculéenne, Ármann avait sans conteste l'avantage, et soudain une idée effrayante traversa l'esprit de Daníel : cette attaque n'était peut-être pas un coup de folie pour le forcer à rentrer dans le rang ; peut-être Ármann avait-il des intentions bien plus sinistres, peut-être voulait-il réellement lui faire du mal. Le premier coup tomba et, malgré les efforts de Daníel pour le parer, la douleur le laissa dans un état de choc.

Helena ne comptait donc pas s'interposer ? Elle avait toujours su calmer Ármann, toujours su apaiser sa frénésie, mais à cet instant, elle semblait déterminée à ne pas bouger.

Daníel ne s'attendait pas à recevoir l'aide de Gunnlaugur. Il avait affirmé haut et fort qu'il ne comptait pas mentir pour lui, Gunnlaugur ne serait sans doute pas mécontent de se débarrasser de lui. Ainsi, tous les trois pourraient concrétiser sans obstacle le plan sur lequel ils s'étaient mis d'accord...

Daníel ne s'était que rarement retrouvé pris dans des bagarres, du reste jamais bien sérieuses. Ármann, c'était autre chose. Daníel s'était parfois demandé jusqu'où il avait plongé dans le monde de la drogue, quelle avait été son implication dans la pègre... Avait-il fait usage de la violence ? Avait-il... Avait-il déjà tué quelqu'un ?

Ármann se ruait de nouveau sur lui. Rassemblant ses forces, Daníel lança un coup de pied à tout hasard dans sa direction et sembla viser juste, car son assaillant lâcha un hurlement de douleur et perdit l'équilibre.

Avait-il déjà donné la mort ?

À cet instant, Daníel eut la certitude que ce type était capable du pire. Peut-être même l'avait-il toujours su. Et apprécié de l'avoir de son côté, en cas de besoin.

L'espace d'une seconde, il se demanda une fois de plus si Ármann n'était pas le véritable coupable de l'homicide qui avait eu lieu cette nuit, et s'il n'était pas parvenu, par un quelconque moyen, à convaincre Gunnlaugur d'en prendre la responsabilité…

Il se redressa légèrement pendant qu'Ármann recouvrait ses esprits, un filet de sang s'écoulant de ses narines. Peut-être avait-il réussi à lui briser le nez.

De la haine brillait dans son regard. C'était visiblement loin d'être terminé. Les pensées se bousculaient dans la tête de Daníel. Il ne pourrait pas s'échapper, la porte était fermée et, de toute façon, seuls le néant, la neige et l'incertitude l'attendaient dehors. Épuisé comme il l'était, il n'irait pas bien loin, et où ? Il fallait qu'il affronte son destin, en espérant que l'un des deux autres finirait par intervenir, par mettre fin à cette folie, car seul, il ne faisait pas le poids face à ce mastodonte.

Les secondes s'étiraient, le temps semblait s'être figé. Accroupi contre le mur, Daníel parvint tant bien que mal à se stabiliser. Les yeux plantés dans les siens, Ármann fit un pas en arrière, comme s'il voulait prendre de l'élan pour mieux l'achever. La peur saisit Daníel et la mort lui sembla plus proche que jamais, une menace plus réelle encore que le froid glacial et les ténèbres qui l'avaient torturé toute la nuit. Il s'attendait à ce que le prochain assaut d'Ármann soit le dernier.

Et il avait envie de hurler : *Et vous deux, vous n'allez vraiment rien faire ?*

Mais c'était inutile, il ne voulait pas gaspiller le peu d'énergie qu'il lui restait, et il n'aurait sans doute même pas le temps de finir sa phrase avant qu'Ármann se jette une nouvelle fois sur lui.

Personne ne viendrait le sauver.

Ils auraient aussi bien pu n'être que deux dans ce refuge de malheur, sur la liste des participants à ce voyage maudit. Comment avait-il pu se laisser embarquer dans un cauchemar pareil ?

Une idée d'Ármann. C'était lui qui avait tout organisé.

Peut-être que rien de ce qu'ils venaient de vivre n'avait été un hasard ? Qu'est-ce qu'Ármann avait planifié ? À quel moment le destin avait-il pris le relais ?

Ce dénouement était-il écrit depuis le premier jour ?

Sentant ses muscles se tendre, Daníel se rendit compte qu'il pouvait peut-être utiliser sa position pour se propulser en avant et reprendre la main.

L'image de sa petite amie restée à Londres lui traversa l'esprit. Il avait beaucoup pensé à elle au cours de la nuit, prisonnier des tourbillons de neige. Ils ne formaient pas un couple depuis très longtemps, mais quelque chose marchait entre eux, et elle lui manquait.

Sa relation précédente s'était mal terminée. Après une violente dispute en plein milieu de la nuit, il avait fini par jeter sa compagne à la rue. Il lui arrivait parfois de perdre ainsi le contrôle de ses émotions. Il avait regretté son geste dès le lendemain matin, mais, comme on pouvait s'y attendre, elle ne le lui avait jamais pardonné.

Désormais, il se montrerait plus prudent. Il aimait beaucoup la fille qui partageait sa vie et était déterminé à la revoir.

Le moment était venu de prendre un risque.

Ármann

Il n'avait pas prévu d'attaquer Daníel de cette manière. Il voulait juste lui donner une bonne leçon, lui faire prendre conscience du sérieux de l'affaire. L'enjeu était trop important. Après ses ennuis passés, Ármann était parvenu à se reconstruire, et même au-delà. En un rien de temps, il avait bâti son business, un petit empire, et il s'était promis de ne plus jamais devoir se confronter à la police. Or, ce serment était désormais en danger à cause de Gunnlaugur – et Daníel n'avait rien arrangé, au contraire.

Ármann n'avait pas su contrôler sa force. Retrouvant de vieux réflexes acquis à Copenhague, il s'était laissé déborder. Il inspira un grand coup. Ses pensées tournoyaient dans son esprit, revenant au moment ahurissant où Daníel avait surgi dans le refuge. Comment avait-il fait pour survivre à sa nuit dehors dans des conditions pareilles ? C'était incompréhensible. Daníel ne pouvait continuer à braver le destin ainsi. Et après tout, s'il ne se relevait pas après leur lutte, que se passerait-il ? Ármann aurait deux corps sur les bras au lieu d'un. Même problème, juste un peu plus compliqué à gérer.

Recroquevillé contre le mur, Daníel semblait avoir abandonné.

Ármann recula d'un pas, puis deux. Oui, une leçon supplémentaire ne ferait pas de mal à ce type. Il sentait que du sang coulait de son nez après sa pathétique riposte, et la moindre des choses était de lui rendre la pareille. De lâcher les chiens, sans restriction.

Finalement, sa colère bouillonnait toujours autant sous la surface. Il avait pourtant appris à mieux maîtriser ses sautes d'humeur depuis qu'il gérait ses propres affaires. Et Helena l'avait toujours aidé à garder son sang-froid en toute circonstance, même si elle était loin d'être l'innocence personnifiée – elle cachait simplement mieux ses failles.

Et à cet instant précis, sa colère était dirigée contre Daníel.

Daníel qui s'évertuait à tout gâcher…

Le moment était venu de lui montrer de quoi il était fait.

Gunnlaugur

Par réflexe, Gunnlaugur avait reculé et s'était rapproché de Helena.

Il avait cependant pris soin de garder entre eux une distance qui lui paraissait nécessaire après ce qui s'était passé vendredi soir. À y repenser, toute l'affaire lui parut absurde. Il avait tellement craint que cet incident ruine son existence. À présent, il avait tué un homme, et il se tenait là, comme prisonnier dans cette petite cabane, à regarder deux de ses plus vieux amis se livrer à ce qui semblait bien être un combat à mort.

À croire que dès le début de ce séjour, il avait basculé dans une longue et brutale chute qui semblait ne jamais vouloir prendre fin.

À ce stade, aucun doute n'était permis : plus rien ne pouvait le protéger ; tôt ou tard, il allait heurter le fond de l'abysse. Et il n'y survivrait pas.

C'est pourquoi il ne voyait aucune raison de se mêler à la bagarre entre les deux hommes. Il aurait évidemment dû s'interposer, venir en aide à Daníel, mais il avait trop peur : contre Ármann, il ne faisait pas le poids. De plus, une partie de lui se demandait si Daníel ne méritait pas d'être un peu malmené. Il avait beau essayer de faire taire cette petite voix embarrassante, il fallait admettre que la revanche avait un doux parfum – quelques secondes auparavant, son prétendu ami avait refusé de courir le moindre risque pour le tirer de sa situation délicate. À présent, ils étaient quittes, ce qui n'empêchait pas Gunnlaugur de craindre pour la vie de Daníel.

Mais il ne pouvait rien faire pour le sauver.

Helena

Elle devait bien admettre que le spectacle n'était pas pour lui déplaire.

Daníel l'avait mérité ce premier coup, violent et bien placé. Tandis qu'elle observait la bagarre qui se déroulait sous ses yeux, un étrange bien-être s'empara d'elle, comme si elle y prenait part elle-même.

Elle était surprise que Daníel n'ait pas perdu connaissance, qu'il parvienne à riposter, même si c'était de manière pitoyable. On aurait dit un chaton en train d'essayer de se battre contre un lion. Recroquevillé par terre, à bout de forces, il semblait attendre la prochaine attaque, et impossible de dire si Ármann allait se retenir devant une si belle occasion. Il était d'une nature intraitable, l'avait toujours été. Tout comme elle. Un trait de caractère qui lui avait été favorable dans les affaires, une fois qu'il avait enfin réussi à le contrôler. C'était précisément pour cette raison que cela ne pouvait se terminer comme Daníel le souhaitait. Ármann avait fait trop de sacrifices pour se reconstruire. Elle se contrefichait évidemment de Gunnlaugur, c'était d'Ármann qu'elle se préoccupait.

Elle pensa à Víkingur.

Aujourd'hui, c'était l'anniversaire de sa mort. Ármann et elle n'en avaient pas parlé au cours du week-end, et Gunnlaugur ne soupçonnait sans doute rien. Mais Daníel devait bien le savoir. Se souvenir du jour précis où son ami avait quitté ce monde. De cette date. Ou peut-être y était-il complètement indifférent, dépourvu de la moindre émotion ? Elle avait parfois perçu ce côté de sa personnalité, au lycée puis plus tard. Cette absence d'empathie. Qui n'avait cependant jamais été un frein pour lui. Il s'en était toujours plutôt bien sorti.

Ármann ne bougeait pas. Il semblait prendre un malin plaisir à observer sa proie, à attendre pour mieux faire grandir sa peur, pour torturer sa victime un peu plus longtemps. Et Helena aussi savourait cet instant.

Elle jeta un coup d'œil à Daníel, espérant voir la terreur le submerger, mais ce n'était pas le cas. Il n'était pas effrayé – pas du tout. Il arborait une expression si mystérieuse et insondable que, d'un coup, c'est elle qui prit peur. Elle regarda Ármann, mais celui-ci n'avait rien remarqué.

C'est alors que cela arriva. Daníel bondit avec une puissance qu'elle ne lui connaissait pas, comme s'il avait pris appui autant sur ses jambes que sur ses bras. Il s'envola littéralement en direction d'Ármann qui fut projeté au sol lorsqu'il le heurta.

Helena réagit enfin.

Elle tenta de se jeter entre eux, mais malgré le peu

de distance qui les séparait dans ce petit espace, elle intervint trop tard. Ármann était allongé par terre, Daníel assis à califourchon sur lui.

Helena essaya de repousser Daníel, et à sa propre surprise, elle y parvint sans difficulté. Il ne lui opposa aucune résistance, se déroba presque. Sans comprendre sa réaction, elle fut néanmoins soulagée de ne pas avoir à se battre contre lui. Ce n'était pas le but, elle voulait simplement aider Ármann. À genoux près de lui, les mains posées sur son buste, elle l'appela doucement.

Mais quelque chose ne tournait pas rond.

Elle eut soudain l'impression de faire un bond de plusieurs années en arrière. Une sensation était en train de s'emparer d'elle, comparable à celle qu'elle avait éprouvée en apprenant la mort de Víkingur. Elle avait froid, si froid brusquement, mais c'était un froid d'une tout autre nature que celui qui la faisait grelotter depuis des heures dans ce refuge dépourvu de chauffage, un froid plus pénétrant, plus obscur, terrifiant, qui s'insinuait jusqu'au plus profond de son âme. Car Ármann ne bougeait plus. Sa tête saignait et la mare, d'un rouge sombre incongru dans l'aube naissante, était déjà bien trop grande pour les quelques secondes qui s'étaient écoulées. De nouveau, elle se dit qu'elle maîtrisait si peu le temps. Elle voulait toujours tout diriger, mais le temps se jouait d'elle, sans cesse.

Elle se mit à hurler.

Daníel

Le hurlement de Helena ramena Daníel à la réalité.

Il avait mis un bref instant à se rendre compte que son attaque subite avait fonctionné. Il s'était jeté sur Ármann sans grand espoir, juste déterminé à ne pas se laisser faire ; la surprise était sa meilleure arme s'il voulait survivre à cette bataille sans merci.

Puis Helena l'avait fait rouler sur le côté et là, devant le corps étendu d'Ármann, Daníel s'était senti envahi d'une étrange sérénité. Comme si la douleur du violent coup qu'il avait reçu s'était envolée à la seconde où celui qui le lui avait asséné était tombé.

Tout cela s'était passé à la vitesse de l'éclair. Jusqu'à ce cri.

Un silence de mort lui succéda.

Au premier regard, Ármann ne semblait pas s'être cogné à quoi que ce soit au cours de sa chute, pas avant que sa nuque ne heurte le sol. Mais désormais, il ne bougeait plus, et une mare de sang grandissait autour de lui.

Peut-être était-ce cela qu'on éprouvait. Quand on tuait un homme.

D'une certaine façon, il avait déjà commis l'indicible une fois dans le passé, mais la situation était alors radicalement différente. Cette fois, le sentiment qui s'emparait de lui avait quelque chose d'irréel, comme s'il concernait quelqu'un d'autre. Il ne se sentait toutefois pas mal à proprement parler, pas coupable. Il n'avait rien fait de mal.

C'était la clé, aujourd'hui comme à l'époque.

Il n'avait rien fait de mal.

Cette fois, il s'était simplement défendu. Ármann avait l'intention de le tuer, ce n'était pas plus compliqué que cela. Daníel devait riposter. Le prochain coup lui aurait sans doute été fatal, et à présent que le combat était terminé, il était le seul encore debout. Pas exactement vainqueur, le terme n'était pas approprié, mais au moins, il était en vie. Que pouvait-il demander de mieux ?

Il tourna la tête vers Helena qui le poussa violemment.

– Tu l'as tué, Daníel ! Tu l'as...

Daníel recula et s'éloigna le plus possible d'elle, presque acculé dans un coin.

– C'était sa faute, dit-il.

Il n'avait pas eu l'intention de répondre, mais la phrase était sortie toute seule. Il fallait qu'il explique son geste. Il n'avait rien fait de mal.

– Non, ce n'était pas sa faute, Daníel ! hurla-t-elle. C'est ta faute ! Tu l'as tué ! Tu as tué mon frère !

Gunnlaugur

Ils ne se ressemblaient pas beaucoup, et peu de gens auraient pu deviner qu'ils étaient frère et sœur, qui plus est jumeaux.

Ils étaient pourtant à bien des égards le portrait craché l'un de l'autre. Même si l'un des deux possédait une âme plus sombre. Au début, Gunnlaugur estimait que c'était Ármann, mais avec les années, il était devenu de plus en plus évident que Helena contrôlait son frère, et pas l'inverse.

À présent étalé par terre, Ármann semblait bien mort.

Deux cadavres.

Cette fois, c'était Daníel le coupable.

Une étrange sensation de soulagement envahit Gunnlaugur. Comme si le crime que lui-même avait commis était soudain moins grave, maintenant qu'un autre homme avait été assassiné. Le raisonnement ne tenait pas debout, mais c'était ce qu'il ressentait. Peut-être parce que Daníel allait traverser le même calvaire que lui, éprouver le même tourment. La honte, la culpabilité, ce puits sans fond d'émotions négatives.

Lui aussi serait mis au ban de la société, il perdrait ses amis, son travail, sa petite amie. Car lui, au moins, avait une petite amie à perdre. Gunnlaugur sentit une vague de jalousie s'emparer de lui, malgré l'urgence de la situation. Peut-être ce sentiment avait-il toujours bouillonné sous la surface avant de rejaillir dans ces circonstances extraordinaires. Daníel était le plus beau, le plus talentueux, le plus aimé d'entre tous. Le meilleur ami de Víkingur et d'Ármann. Gunnlaugur, lui, s'était toujours senti sur la touche ; il considérait Daníel comme son meilleur ami simplement parce qu'il n'avait personne d'autre. Si Helena n'avait pas été folle amoureuse de Víkingur, Daníel aurait probablement eu sa chance avec elle. Mais c'était terminé, tout ça. Maintenant, Daníel partageait le même destin funeste que lui. Aucun ange gardien ne le protégerait plus.

– Il s'est jeté sur moi, se défendit Daníel en faisant un effort visible pour rester calme. Tu l'as vu. Vous l'avez vu tous les deux. Il voulait me tuer. Pas besoin de me menacer, j'ai l'intention d'aller voir la police dès que nous serons rentrés. Il se passe quelque chose de vraiment louche ici. Depuis hier, j'ai dû me battre deux fois pour survivre ! D'abord cette nuit dans la tempête, et maintenant en me faisant attaquer par mon soi-disant ami.

Des pensées incohérentes se mirent à tournoyer dans le cerveau de Gunnlaugur. Alors comme ça, finalement, ils n'étaient pas dans le même bateau ?

De nouveau, un sentiment d'injustice le frappa de plein fouet. Il ne méritait pas plus que Daníel cette descente aux enfers ! Mais il semblait que les cartes n'avaient pas été distribuées de manière équitable au jeu de la vie. Daníel avait clairement la main sur lui.

– Tu l'as tué, Daníel, dit-il – même s'il aurait sans doute mieux fait de se taire.

L'interessé sourit.

– Et toi, tu as tué ce pauvre type cette nuit. N'essaie même pas de comparer les deux situations.

Gunnlaugur ne dit rien de plus. Gardant le silence, il essaya de s'imaginer la direction que prendraient les événements à présent. Sans Ármann, il était presque assuré de passer devant le tribunal. Et Daníel avait raison : leurs deux cas n'avaient rien à voir. Il avait abattu un homme sans défense, tandis que son ami cherchait à protéger sa vie.

Gunnlaugur n'avait plus aucun argument. C'était terminé.

Helena

Elle n'avait pas voulu bousculer Daníel, elle s'était simplement laissé dépasser par ses émotions. Elle venait de perdre son frère, son meilleur ami. Et le responsable n'était autre que l'homme qui avait déjà réduit son existence en ruine. Mais il fallait qu'elle contienne sa fureur. Une crise de rage incontrôlée ne donnerait rien. Elle devait prendre des décisions réfléchies et pesées.

– Votre place à tous les deux est en prison, dit-elle en essayant de maîtriser sa voix. Je devrais être capable de nous ramener au chalet. Ensuite, il faudra qu'on envoie quelqu'un récupérer les corps. Je ne veux pas qu'Ármann reste ici plus longtemps que nécessaire.

Elle se tourna vers Gunnlaugur, toujours aussi apathique. Elle s'inquiétait davantage de Daníel, dont le regard intensément concentré ne lui disait rien qui vaille.

– Allons-y, pas de temps à perdre.

Elle se dirigea vers la porte, et Gunnlaugur fit un pas de côté pour la laisser passer.

Dès qu'elle ouvrit, le froid la saisit, mais le vent s'était calmé. Un paysage sans fin de vagues blanches s'offrait à son regard, sous un ciel encore chargé. Elle jeta un coup d'œil par-dessus son épaule.

Daníel n'avait pas bougé.

– Nous devons d'abord parler, dit-il. De Víkingur.

– Pour dire quoi ?

– C'est l'anniversaire de sa mort. Tu crois que je ne le sais pas ?

Elle ne répondit pas.

– Il est mort de froid. J'ai bien failli finir comme lui cette nuit.

Elle garda le silence, attendant de voir où il comptait en venir.

– Ce n'est pas un hasard. Je n'ai pensé qu'à ça sur le chemin du retour, entre deux prières pour parvenir à retrouver le refuge sous cette neige incessante. Je me répétais que cela ne pouvait pas être une coïncidence. Et je pensais à toi, Helena...

Il la fixa, le regard acéré et glacial.

– Je pensais au fait que c'était toi qui m'avais traîné dans cette tempête, vers cette issue incertaine. Toi qui prétendais connaître le chemin. Et la même question me hantait encore et encore : avais-tu voulu me mener à ma mort ? Je ne pouvais pas le croire, Helena. Parce que toi-même, tu t'étais retrouvée piégée par les éléments. Tu t'étais blessée, et nous étions dans le même bateau.

– Oui, Helena est bien arrivée blessée, elle boitait, intervint Gunnlaugur, semblant aussitôt regretter d'avoir pris part à la conversation.

– Vraiment ? Elle s'est remise drôlement vite, répondit Daníel avant de se tourner vers elle. Tu n'as pas l'air de souffrir le martyre, Helena, je me trompe ? Tu as arrêté de faire semblant ? Ce n'est peut-être plus la peine, maintenant que je vois clair dans ton jeu.

Il n'avait pas tort. Elle n'avait plus besoin de prétendre.

– Je sais que tout était ta faute, Daníel, dit-elle avec calme. Je sais que tu as tué Víkingur.

– Tu racontes n'importe quoi. C'est faux.

Ce salaud pouvait se montrer convaincant, il fallait lui accorder ça.

– Arrête tes conneries, Daníel. Le moment est venu de dire la vérité.

Le visage de Gunnlaugur s'illumina soudain. De but en blanc, il dit :

– Personne ne sait qu'il est ici.

– Quoi ? fit Helena en le regardant.

– C'est Ármann qui a dit ça. Je viens juste de m'en souvenir.

– Qu'est-ce qu'il a dit ? demanda Daníel.

– Que personne ne savait que ce type était là, l'homme qui…

Il ne termina pas sa phrase.

– Comment le savait-il ? lança Daníel d'un ton aussi acéré que son regard, dirigé droit sur Helena.

– Allons-y, jouons cartes sur table, dit celle-ci. Le moment est venu pour chacun d'entre nous de dire toute la vérité. Y compris la raison pour laquelle cet homme, cet inconnu, gît mort à nos pieds.

Daníel

Daníel n'arrivait pas à croire ce qu'il venait d'entendre.

Une fois de plus, la peur s'insinua en lui, tandis que Helena dégageait une étrange sérénité qui le mettait profondément mal à l'aise.

À cet instant, il n'était pas loin de la craindre encore plus que son défunt frère, alors que rien dans son comportement ne constituait une quelconque menace.

De manière presque absurde, il se demanda une seconde si ce n'était pas lui qu'elle interrogeait au sujet de l'inconnu, si elle n'attendait pas de lui des explications sur sa présence dans le refuge.

– Tu sais quelque chose à son sujet ? la questionna-t-il prudemment.

– Ça n'a plus aucune importance, répondit-elle. Et puis... ce n'était pas mon idée.

Cette dernière phrase ressemblait à un mensonge.

– Qu'est-ce qui n'était pas ton idée ?

– Faire venir ce type ici.

Daníel en resta bouche bée.

– Il est venu avec vous ? reprit-il.

– Parle-moi de Víkingur, lui opposa-t-elle.

– Quoi ?

– Raconte-moi ce qui s'est passé ce jour-là. Le jour où il est mort.

– Je t'ai déjà tout dit, Helena. Je ne l'ai vu que la veille au soir.

– Non. Le lendemain, vous avez quitté la ville ensemble. Je le sais. Il y a quelques mois, j'ai croisé quelqu'un qui vous a vus tous les deux. Vous vous êtes arrêtés à une station-service.

Daníel eut soudain la sensation que l'oxygène manquait dans la cabane.

Helena poursuivit :

– Et je sais que tu étais en congé ce jour-là. Je me suis renseignée. Tu jouais au théâtre à cette période, mais il n'y avait pas de représentation ce soir-là. Et…

Pétrifié, Daníel essaya de penser à autre chose, d'éteindre le son de la voix de Helena. Il ne voulait plus entendre ce qu'elle avait à dire. Plus un mot.

Helena

Helena s'était documentée. De manière répétée, presque obsessionnelle. À chaque fois elle l'avait regretté.

Elle en savait trop et ne pouvait rien effacer de sa mémoire.

Elle estimait avoir une idée précise de la manière dont Víkingur était mort, presque comme si elle avait été à côté de lui, comme si elle avait éprouvé la même souffrance.

En vérité, elle était bien trop loin pour lui porter secours, et elle y repensait tous les jours. Aurait-elle pu faire quelque chose ? Si elle avait su où il se rendait, si elle l'avait seulement accompagné... Parfois, même si c'était ridicule, elle ne pouvait s'empêcher de culpabiliser.

Il avait fait terriblement froid cette nuit-là. Une nuit d'hiver islandaise typique, somme toute.

Elle pouvait presque imaginer le souffle glacial s'insinuant à travers les vêtements de Víkingur, sa peau se couvrant de chair de poule, son corps entier secoué de tremblements. Puis ses veines s'étaient contractées malgré sa marche incessante, car elle était sûre qu'il avait tout fait pour essayer de maintenir un peu de chaleur dans son corps, qu'il avait espéré avec obstination trouver un abri quelque part, trouver un quelconque moyen de survivre. Víkingur était d'une nature optimiste, il ne baissait jamais les bras. Il avait sans doute été convaincu jusqu'au bout qu'il s'en sortirait, même quand le froid avait fini par avoir raison de lui.

Ensuite, il avait cessé de trembler. Voilà ce qu'elle avait lu. La température du corps diminuait, toutes ses fonctions déclinaient, les tremblements s'arrêtaient. Elle avait souvent imaginé cet instant. Avait-il pensé qu'il allait mieux, que c'était un progrès ? Avait-il eu, paradoxalement, la sensation de se réchauffer ? S'était-il dit que finalement, il allait s'en sortir ?

Quand bien même, il s'était forcément rendu compte très vite que quelque chose allait de travers. Selon ce qu'elle avait lu, tous ses vaisseaux avaient continué de se resserrer jusqu'à ce que son rythme cardiaque ralentisse et que la vie en lui s'éteigne peu à peu, inexorablement. Víkingur devait alors avoir compris qu'une seule issue était possible. Combien de temps cela avait-il duré ? Combien de temps avait-il souffert en sachant pertinemment qu'il mourait ? Le ralentissement de sa circulation sanguine devait avoir entraîné d'autres effets : des vertiges, une sensation de confusion, jusqu'à la perte de connaissance. Lorsque sa température corporelle avait atteint 31 ou 32 degrés, il avait dû s'endormir – à l'endroit où le corps avait été retrouvé. Elle le savait, ou le ressentait au plus profond de son être. Les battements cardiaques s'étaient affaiblis jusqu'à ce que le cœur s'arrête complètement.

Mais même à ce moment, il y avait encore un espoir. Le médecin qu'elle avait interrogé avec insistance lui avait expliqué que la mort n'était pas nécessairement survenue rapidement. Le corps avait besoin de moins d'oxygène dans un froid aussi intense, et on était déjà parvenu à ressusciter des gens – ainsi l'avait-il formulé – malgré un état d'hypothermie avancé. Les miracles arrivent, avait-il conclu.

Víkingur, lui, n'y avait pas eu droit.

Daníel

Il ne comptait jamais raconter à quiconque ce qui s'était passé ce jour-là.

Il se l'était promis tant de fois. Bien sûr, il ne cessait d'y repenser, mais l'idée de ne jamais avoir à mettre cette expérience en mots, de ne jamais avoir à avouer une faute aussi terrible que fatale le rassurait.

C'était une si belle journée. Mais Daníel aurait dû savoir que c'était lorsqu'on s'y attendait le moins que la nature se montrait la plus cruelle, particulièrement en Islande. Elle n'avait aucune pitié, on n'était jamais tout à fait en sécurité. Même les jours d'été les plus ensoleillés pouvaient se révéler meurtriers à la moindre inattention, si l'on ne témoignait pas à cette nature arctique un respect humble et total. C'était donc une douce journée hivernale et les deux amis – Daníel et Víkingur – avaient décidé sur un coup de tête de partir faire un petit tour dans la montagne, hors des sentiers battus, en suivant une route peu fréquentée. Parce que le temps était si clément, parce qu'ils étaient jeunes et intrépides, parce que rien ne pouvait leur arriver. Ces années-là, ils étaient immortels. Ils avaient pris la voiture de Daníel, qui conduisait et jouait le rôle de guide. Ils n'avaient fait part de leur escapade à personne, pas tant par goût du secret que par volonté de se perdre un peu, de disparaître des écrans radars. Tous deux avaient des vies professionnelles chargées, et ils avaient d'ailleurs plusieurs projets de collaboration. Ils formaient un beau duo.

Daníel se rappelait nettement l'air froid et immobile, la beauté de l'hiver islandais lorsque le vent leur accordait un peu de répit et que le soleil daignait apparaître. Parfois, il suffisait de trouver un endroit bien abrité pour se sentir comme lors d'une fraîche journée d'été. Et, au début, c'était tout à fait ce genre de journée.

Ils s'étaient arrêtés loin de toute civilisation, sur un chemin de terre qui méritait à peine ce qualificatif tant il se démarquait à peine de l'étendue de cailloux qui s'étalait partout autour d'eux. Aussi loin que leurs yeux pouvaient voir, ils étaient seuls.

Un jour de soleil en plein hiver, comme si l'été était soudain de retour, comme si la nature ne dissimulait pas le moindre danger. Il faisait encore clair quand la dispute avait éclaté. En fait, c'était à peine une dispute dans un premier temps, tout juste un différend sans grande importance. Daníel en assumait d'ailleurs en partie la responsabilité, même si Víkingur n'était pas exempt de reproches. C'était normal, toute bonne amitié requiert son lot de prises de bec pour remettre les pendules à l'heure, et peut-être que ce long voyage en voiture avait éveillé une certaine tension entre eux.

Non, cette dispute n'avait rien eu de particulièrement

mémorable, jusqu'à ce que Víkingur demande à Daníel d'arrêter la voiture. Celui-ci avait obtempéré, sans soupçonner les conséquences qu'entraînerait cette décision. Ainsi à l'arrêt, ils avaient continué à se crier dessus. Víkingur avait mauvais caractère. Il était un peu grande gueule, un peu obstiné, et il détestait reconnaître ses torts.

C'est à ce moment-là, alors qu'ils étaient au beau milieu de nulle part, qu'il avait lancé : « Puisque c'est comme ça, je rentre chez moi à pied. » Des mots si limpides dans la mémoire de Daníel. Si terribles, aussi.

« À pied ? Tu plaisantes ? »

Daníel lui avait opposé une réponse de ce genre, mais il ne se souvenait pas aussi précisément de sa formulation. Quoi qu'il en soit, il avait trouvé cette menace ridicule. Víkingur ne pourrait jamais rentrer à pied, c'était impossible. Peut-être s'attendait-il à être pris en stop, à ce que quelqu'un emprunte ce chemin perdu au beau milieu de l'hiver, ou peut-être pensait-il que Daníel n'allait pas le laisser faire. Ou alors, il avait mésestimé la distance et le froid qui tomberait dès que le soleil se serait couché.

Quoi qu'il en soit, Daníel avait pris la fatale décision qu'il n'avait cessé de regretter depuis.

Il avait rejoué cette conversation encore et encore dans sa tête, y apportant différentes nuances, mais le soleil était toujours aussi lumineux dans son souvenir, et la fin demeurait inchangée.

Víkingur était sorti en furie et Daníel l'avait suivi, abandonnant sa voiture au milieu du chemin de terre. Aucun risque d'accident, il n'y avait personne dans les environs, rien ne bougeait dans ce paysage désolé. Cela aurait dû leur sauter aux yeux à tous les deux mais Víkingur pouvait être têtu comme une mule. Ils n'avaient pas croisé un seul autre véhicule depuis qu'ils avaient quitté la nationale – ils avaient pourtant parcouru nombre de kilomètres.

Rattrapant son ami, Daníel lui avait saisi l'épaule d'un geste plutôt brusque. « C'est quoi, ton plan ? Tu comptes aller où comme ça ? » Et la dispute avait repris de plus belle. Ils pouvaient hurler à pleins poumons, personne ne les entendait. Leurs mots s'envolaient dans le vide, happés par le silence de la lande déserte autour d'eux, sans doute comme les cris de désespoir de Víkingur lorsqu'il s'était retrouvé seul – c'était du moins ce que Daníel soupçonnait. Son imagination pouvait faire naître des images si terriblement réelles, parfois.

Daníel avait essayé de convaincre son ami, en vain. « Va-t'en, je n'ai pas besoin de toi ! » avait finalement craché Víkingur dans un ricanement.

Cela avait tant ulcéré Daníel qu'il avait abandonné la lutte, sans hésiter une seconde de plus. Il était remonté dans la voiture et était parti. Tandis que Víkingur entamait son retour d'un pas déterminé, Daníel était passé à côté de lui à toute vitesse, ne lui accordant rien de plus qu'un regard dans le rétroviseur.

Il se rappelait même avoir pensé : *Il va se geler, bien fait pour lui.*

Víkingur n'était pas équipé assez chaudement pour une marche de plusieurs kilomètres dans les hautes terres d'Islande. Le matin, ils avaient juste envisagé une courte balade en plein jour, sans s'éloigner de la voiture, mais le soleil disparaissait vite en cette saison.

Tandis que tout son corps vibrait de colère, Daníel avait appuyé sur l'accélérateur. Il imaginait Víkingur revenant trempé et frissonnant chez lui. Après cette leçon, nul doute qu'il cesserait de se montrer aussi obstiné et autoritaire.

Le soir venu, Daníel avait descendu deux bières avant de se coucher de bonne heure. Il avait rêvé de son ami toute la nuit.

Ce n'est que le lendemain matin que l'inquiétude s'était manifestée. Víkingur était bien rentré, non ? Tandis que la question l'assaillait, Daníel se rendait compte de la responsabilité qu'il portait dans cette histoire. Il avait abandonné son ami, seul et livré à lui-même en pleine montagne – en y repensant, il n'y avait même pas de réseau téléphonique là où il l'avait laissé.

Daníel avait conservé son téléphone à portée de main, sans oser appeler Víkingur. Il valait mieux qu'il garde ses distances, si jamais tout cela tournait mal. Il n'y connaissait pas grand-chose en droit, mais il y avait fort à parier que son comportement de la veille pouvait s'apparenter à un homicide involontaire.

Il avait bien sûr encore empiré la situation en n'alertant pas la police immédiatement. Il n'avait même pas osé retourner sur les lieux pour chercher Víkingur. Il ne voulait pas risquer de tomber sur les secouristes ou les forces de l'ordre et devoir expliquer sa présence.

Après tout, personne n'était au courant qu'ils étaient partis ensemble.

Si le jour fatidique de leur voyage était toujours aussi net dans sa mémoire, le lendemain ne l'était pas moins. Il se rappelait distinctement l'angoisse rampante qui s'était emparée de lui dès son réveil. Il avait neigé. Un beau tapis d'une neige poudreuse et douce, symbole de l'hiver et de la cruauté impitoyable des forces de la nature. Il avait aussitôt éprouvé une terrible sensation d'étouffement. Et il avait su, pressenti qu'il était trop tard pour sauver Víkingur.

La journée était déjà bien avancée lorsque Helena l'avait appelé. Elle n'avait pas de nouvelles de Víkingur et ne parvenait pas à le joindre. Réunissant toute la force qu'il avait en lui pour parvenir à mentir, Daníel lui avait dit qu'ils ne s'étaient pas parlé depuis plus de vingt-quatre heures. À ce moment, il avait su qu'il venait de franchir une limite et qu'il ne reviendrait pas en arrière. Il ne pouvait imaginer devoir justifier l'abandon de son ami au milieu de nulle part en plein hiver. Il ne se sentait pas capable de porter cette responsabilité. Au-delà de la honte et de l'humiliation qu'un tel aveu engendrerait, il craignait surtout de finir en prison. Au téléphone, Helena, bouleversée, n'avait cessé de parler des accès de dépression qui consumaient parfois Víkingur. Son petit ami avait disparu, et elle craignait qu'il se soit fait du mal. Elle avait contacté les secours qui avaient lancé une opération de recherche, mais surtout à proximité de leur domicile. L'opération avait finalement été de courte durée : le soir même, un voyageur était tombé sur le corps de

Víkingur, au bord de la vieille route, dans les hautes terres. À quelques kilomètres de là où leurs chemins s'étaient séparés, s'était dit Daníel plus tard. Son ami avait essayé de regagner la nationale, mais avait fini par s'effondrer, vaincu par le froid et l'épuisement.

Aussi incroyable que cela puisse paraître, la police n'avait pas mené d'enquête approfondie. On ne savait pas vraiment comment Víkingur avait atteint une région aussi isolée sans voiture, mais on avait conclu à un suicide. Il avait sans doute quitté la ville en stop ou en bus, puis marché et marché jusqu'à n'en plus pouvoir. Personne ne semblait avoir noté qu'il prenait en fait la direction opposée, qu'il cherchait à se rapprocher de la nationale, et non à s'en éloigner.

Ainsi Daníel était-il passé entre les mailles du filet. Personne ne le détestait, personne ne le jugeait, il n'avait de comptes à rendre qu'à lui-même et à sa conscience. Par miracle, il s'était sorti indemne de ce sac de nœuds. Après cela, il s'agissait de ne pas laisser l'événement le hanter au quotidien, de ne pas trop penser à Víkingur, et de ne jamais en parler, bien sûr.

Ce drame était sans doute la raison pour laquelle il s'était établi à Londres. Il ne voulait pas revivre en Islande, ne supportait plus ce pays de glace où il avait causé la mort de son meilleur ami. Il ne revenait que rarement, et pour de très courtes visites. À Londres, il s'était forgé un nouveau rôle, celui de l'acteur islandais. Là-bas, non seulement sa petite amie actuelle n'avait jamais rencontré Víkingur, mais elle ne connaissait même pas son existence, et il était hors de question qu'il la présente à ses amis islandais.

Il s'était fait le serment de garder pour lui tout ce qui concernait cette journée maudite. Le silence était devenu son meilleur allié, son plus précieux refuge.

Mais voilà qu'aujourd'hui, Helena lui posait la question qu'il avait craint d'entendre tous les jours depuis la mort de Víkingur.

– Tu l'as abandonné, Daníel ?

Une question simple.

Il avait répété la réponse dans sa tête probablement encore plus souvent qu'il ne voulait l'admettre, travaillé l'expression de son visage, la surprise, l'outrage. En dépit de ses talents d'acteur, il n'était pas sûr d'être à la hauteur pour ce rôle-ci.

– Je n'étais pas avec lui. Il était seul, tu le sais bien, Helena.

Il la regarda et eut la sensation de voir tous ses péchés se refléter dans ses yeux tandis qu'il rabâchait cette réponse qu'il connaissait sur le bout des doigts, comme un acteur qui, à force de mémoriser son texte, finit par livrer une performance artificielle. Et cette fois, il n'avait que deux spectateurs. Gunnlaugur, dont il avait presque oublié l'existence à cet instant, et Helena, qui était visiblement loin d'être convaincue.

Helena

Daníel mentait, elle le voyait bien. Mais il ne semblait pas près de céder. Et même si elle était certaine de ce qu'elle avançait, elle n'avait aucune preuve qu'il accompagnait en réalité Víkingur ce jour-là et qu'il l'avait abandonné en pleine nature.

Elle ignorait ce qui s'était passé entre eux, si un conflit avait éclaté ou bien si Daníel avait réellement eu l'intention de tuer son ami. Qu'importe. Elle devait le faire avouer. C'était la première étape.

Le meilleur moyen était peut-être de continuer à parler, d'essayer de gagner sa confiance, de ne rien lui dissimuler de son côté.

– Ça ne sert à rien de jouer à ce petit jeu. Crevons l'abcès.

Il sourit.

Comment ose-t-il sourire ?

– Je n'ai rien à cacher, dit-il. Je vais rentrer maintenant, et je vais raconter à la police ce qui s'est passé. Peut-être qu'alors, nous réussirons à crever l'abcès. Peut-être qu'alors, je découvrirai qui est cet homme, et s'il a un lien avec Ármann ou toi...

Il pointa du doigt le mort étendu par terre.

– Peut-être que je découvrirai pourquoi tu as essayé de me tuer, Helena. Pourquoi tu m'as traîné dans cette tempête en pleine nuit, pour ensuite me laisser seul au milieu de nulle part. Je n'ai survécu que par chance. Un pur hasard.

– Tu devais mourir comme Víkingur ! cria-t-elle malgré elle.

Elle se laissait parfois dépasser par son tempérament sanguin, même si elle le cachait en général mieux que ça. Elle avait l'habitude de garder ses pires émotions pour elle ; elle ne les partageait qu'avec Ármann, qui parvenait toujours à régler le problème, d'une manière ou d'une autre. Mais il n'était plus là, et la muraille qu'elle s'était efforcée de construire autour d'elle commençait déjà à s'effriter.

Alors qu'elle attendait la réaction de Daníel, elle comprit qu'elle avait peut-être encore un atout dans son jeu. Telles que les choses se présentaient, ils ne parviendraient pas à faire disparaître ces deux corps. Tous les trois allaient devoir affronter les conséquences de leurs actes. Gunnlaugur n'échapperait pas à une mise en examen pour homicide. Daníel devrait répondre de la mort d'Ármann, quelle que soit la version prise en compte par les autorités. À son tour, il accuserait probablement Helena de tentative d'homicide, ce qu'elle n'admettrait jamais – pourtant, elle avait bel et bien essayé de le mener à sa mort. Puis la police essaierait de découvrir qui était l'inconnu, et son identité finirait par être révélée – ce n'était qu'une question de temps.

Ce plan était un échec de A à Z. Rien ne s'était passé comme prévu.

Il fallait faire disparaître toute l'histoire. Voilà ce qui résoudrait leurs problèmes. À tous les trois.

Elle pourrait prendre la direction des affaires d'Ármann qui, bien qu'entachées par ces événements tragiques, continueraient à prospérer. Elle ferait une bonne cheffe d'entreprise, il y avait une vraie fortune en jeu et elle était l'unique héritière – Ármann n'avait ni femme ni enfants, et leurs parents étaient décédés.

Gunnlaugur poursuivrait sa vie telle qu'il l'avait toujours vécue, avec un meurtre sur la conscience – en plus du viol qu'il avait commis.

Quant à Daníel, il rentrerait chez lui et ferait comme si de rien n'était. C'était son plus grand talent.

– Tu devais mourir, répéta-t-elle, car cela ne changeait rien.

La réaction de Daníel ne lui importait plus. Elle avait rassemblé toutes les pièces du puzzle dans sa tête. Il n'y avait qu'une voie possible pour s'en sortir. Une suspension temporaire des hostilités. Elle réglerait ses vieux comptes plus tard.

Gunnlaugur

À mesure que les secondes s'écoulaient, Gunnlaugur prenait de plus en plus conscience de l'impasse dans laquelle il se trouvait. Personne ne viendrait le tirer de cette situation épineuse.

Il avait envisagé de mettre en place un mensonge, une supercherie pour ne pas avoir à faire face à ses responsabilités, mais cette voie était désormais sans issue et il prenait la pleine mesure de la terrible réalité qui l'attendait.

Malgré son désespoir, les mots de Helena réussirent à pénétrer sa conscience. De quoi diable voulait-elle parler ?

Avait-elle eu l'intention de tuer Daníel, ou était-elle juste contrariée parce qu'il avait survécu ?

Il n'osa pas lui poser la question. Elle le terrifiait, et il avait encore honte pour son comportement inexcusable de vendredi soir.

Helena et Daníel finiraient par trouver une issue ou une autre, avec un peu de chance sans devoir en venir aux mains, mais la conclusion serait toujours la même : lui, Gunnlaugur, serait sacrifié. En de rares occasions, on lui avait confié au cabinet d'avocats où il travaillait la défense de clients accusés de délits divers – certains plus graves que d'autres. À chaque fois, il avait éprouvé le même soulagement : celui d'être un simple juriste, le représentant de l'accusé. À la fin de sa journée de travail, il pouvait rentrer chez lui, dans une maison vide, certes, mais chez lui malgré tout, tandis que l'accusé portait seul tout le poids cauchemardesque de l'incertitude. Certains devaient dormir dans une cellule de prison, d'autres craignaient de s'y retrouver dans un avenir proche. À présent, par une triste ironie du sort, les rôles avaient été réattribués, les cartes redistribuées, et il avait hérité du pire jeu qui soit.

Daníel

– Pourquoi, Helena ?

Elle semblait étonnamment sereine compte tenu des circonstances, comme si elle savait quelque chose que les autres ignoraient. Ce qui était peut-être le cas. Elle tirait toutes les ficelles, il n'en doutait plus. La question était en fait de savoir combien de secrets elle daignerait partager avec eux.

– Pourquoi tu m'as menti ? Pourquoi tu m'as abandonné dans le blizzard ?

– Tu dois bien l'avoir compris, Daníel. Tu n'es pas bête.

Il sentit la tension monter en lui.

– Tu ne vas même pas essayer de nier que tu m'as sciemment laissé là, dans cette tempête ?

– Il est trop tard pour mentir, Daníel.

Sa manière de le prendre ainsi de haut et de ponctuer chacune de ses phrases par son prénom commençait à lui taper sérieusement sur les nerfs.

– Mais pourquoi ? Hein ?

Il connaissait évidemment la réponse. Mais il avait

sa ligne de conduite. *N'avoue jamais rien*, c'était la tactique qu'il comptait suivre jusqu'à sa mort.

– Tu le sais, dit-elle, comme si elle avait lu dans ses pensées. Tu le sais très bien, ne dis pas le contraire. À cause de Víkingur, bien sûr. Tu l'as abandonné, alors je t'ai abandonné à mon tour. Ce n'est que justice, tu ne crois pas ? Tu ne vas quand même pas mal le prendre, Daníel.

– Mal le prendre ? Tu plaisantes ?

– La justice fonctionne parfois ainsi, Daníel. Parfois, il faut prendre soi-même les choses en main. Quant à toi, tu dois assumer la responsabilité de ce que tu as fait.

– Je n'ai rien fait, bon sang ! s'écria-t-il, d'un ton qu'il estima convaincant.

Un sourire se dessina sur les lèvres de Helena. Elle semblait amusée par cet échange, et une fois de plus il eut la sensation qu'elle était en train de gagner. Mais il n'arrivait pas à déterminer pourquoi.

– Mais... Attends, je veux être sûr de bien comprendre, dit-il en s'efforçant de garder son calme – ce n'était pas le moment de se laisser emporter. Tu m'as emmené ici, tu m'as invité à ce voyage pour me tuer ?

Elle ne répondit pas.

– Vous aviez prévu cette tempête ? Dans ce cas, vous êtes plus forts que le bulletin météo !

Elle sourit de nouveau.

Cette fois, il attendait une réponse, et enfin elle prit la parole :

– La météo... Disons que c'était un petit plus inattendu, mais aussi un problème.

– Comment ça ?

– Nous ne nous attendions pas à une telle tempête.

– Nous ? Toi et… ?

Se tournant vers Gunnlaugur, il eut un pincement à l'estomac. Avaient-ils tous les trois conspiré pour se débarrasser de lui ? *Toi aussi, Gunnlaugur ?*

L'intéressé secoua la tête, même si Daníel ne l'avait encore accusé de rien. Du moins, pas à voix haute.

– Daníel, je ne comprends rien à ce qu'elle raconte. Tu dois me croire.

C'était comme s'il cherchait encore à s'attirer les bonnes grâces de Daníel, alors que celui-ci l'avait plus ou moins trahi quelques instants auparavant.

– Ármann et moi, bien sûr, précisa Helena, comme s'il n'y avait rien de plus évident.

– Vous avez élaboré ça tous les deux ? répliqua Daníel.

Il ne savait pas encore à quoi il faisait allusion. Mais il était clair que si Helena avait eu l'intention de lui faire du mal, son défunt frère était de la partie. Ils ne faisaient qu'un.

– Oui, dit-elle d'un ton sec.

– Pourquoi avoir emmené Gunnlaugur ?

– Nous nous disions qu'il ferait un bon témoin. Ce n'est peut-être pas le plus respecté des avocats, mais un juriste, c'est toujours un témoin solide. C'était un plan parfait, Daníel. Tu devais mourir. Tout se passait bien jusqu'à ce que la météo nous mette des bâtons dans les roues. Après ça, il a fallu que tu réussisses à revenir – j'ai encore du mal à le croire. Et par-dessus le marché, Gunnlaugur s'est mis en tête de tuer un homme. C'était…

Elle se tut un instant, tandis que Daníel retenait son souffle.

– En fait, tout est parti en vrille, soupira-t-elle.

Son apparente indifférence aurait pu laisser penser qu'elle parlait d'un événement sans importance, et non d'une tentative de meurtre.

– On peut dire ça comme ça, répliqua Daníel en reculant d'un pas.

Il n'avait pas vraiment peur d'elle, mais son attitude le rendait terriblement nerveux. Quel genre de personne pouvait se montrer si calme, presque amusée, en avouant de telles choses ? Et cela, alors que son frère jumeau adoré venait de mourir sous ses yeux.

– N'oublions pas ce pauvre type qui était dans le refuge quand nous sommes arrivés, reprit-il. Le mauvais homme au mauvais endroit, c'est ça ?

Helena sourit.

– C'est évidemment nous qui l'avons fait venir.

Helena

Inutile d'essayer de le cacher. La police finirait par identifier l'homme. En outre, dans un moment d'inattention, Ármann avait laissé échapper que personne ne savait qu'il se trouvait ici, un commentaire suspect qui n'avait pas manqué d'interpeller Gunnlaugur.

Elle devait aussi admettre que l'expression de surprise sur le visage de Daníel lui procurait un certain plaisir. Tout avait été parfaitement planifié – peut-être même un peu trop, mais le jeu en valait la chandelle : venger Víkingur en piégeant Daníel et en le menant vers une mort certaine…

– C'est vous qui l'avez fait venir ? répéta celui-ci, une étrange lueur dans le regard – une certaine crainte, qui ne faisait qu'alimenter la joie de Helena.

Faisant de son mieux pour réprimer toute pensée au sujet d'Ármann, pour contenir son écrasante tristesse, elle s'efforçait de se concentrer sur les problèmes à résoudre en priorité : mettre un terme à cette conversation, démêler leur situation, et rentrer enfin chez elle. Une fois seule, elle pourrait s'autoriser à commencer son deuil. Probablement sans une larme, cependant. Ce n'était pas son genre.

– Oui.

– Mais qui est-ce ?

Cette fois, c'était Gunnlaugur qui avait parlé. Et c'était compréhensible : il voulait savoir qui il avait tué.

– Je ne me rappelle plus son nom, pour être honnête. Je ne suis même pas sûre qu'Ármann me l'ait dit. C'était un ouvrier étranger qui travaillait pour lui, voilà ce que je sais. Ça n'avait pas vraiment d'importance. Ce type était bien payé pour cette petite mission supplémentaire. Après ça, il devait retourner faire son boulot, dans l'équipe qu'Ármann avait réunie pour construire un hôtel. Nous pensions qu'il aurait quitté l'Islande avant que quiconque parvienne à le relier à ce putain de refuge. Personne n'aurait jamais su qui il était, ni pourquoi il était là.

– Attends, je ne comprends pas bien, l'interrompit Daníel. Vous avez payé ce type pour qu'il reste assis devant nous ? Vous saviez qu'une tempête allait venir ?

– Je te l'ai déjà dit, Daníel, la tempête nous a pris par surprise. À cause d'elle, nous sommes arrivés plus tôt que prévu au refuge. Le vent s'est levé d'un coup, sans prévenir, nous comptions…

Elle hésita. En révélait-elle trop ? Un instant, elle songea : *Qu'aurait voulu Ármann ?* C'était sans importance, il n'avait plus son mot à dire ; d'ailleurs, peut-être n'avait-il jamais vraiment eu son mot à dire dans cette histoire.

– Vous comptiez quoi… ? siffla Daníel.

– Vous emmener ici hier soir. Le plan, c'était de se perdre. Pas pour de vrai, bien sûr, Ármann et moi connaissons la région sur le bout des doigts. Et ce type devait nous attendre, assis dans ce coin avec son fusil. Il devait juste rester assis et avoir l'air dangereux.

Elle pointa du doigt le coin en question. L'idée venait de son frère.

– Heureusement, même si nous étions en avance, il était déjà arrivé. Le bruit que nous avons fait en cassant la boîte à clé lui a donné à coup sûr le temps de s'installer comme convenu.

– Et de rester assis dans un coin ? Mais pourquoi ? demanda Daníel.

– Pour créer un climat de menace. Vois-tu, nous ne savions pas qu'il y aurait une tempête. Nous voulions t'envoyer chercher de l'aide. Mais au lieu de t'indiquer le chemin de l'autre refuge, celui équipé d'une radio, qui se trouve tout près d'ici, nous t'aurions envoyé dans la direction opposée, droit vers la lande, des kilomètres de lande, sans aucun abri. Tu comprends ? Droit vers une mort assurée. Le beau temps n'y aurait rien changé, on se perd vite ici, quelle que soit la météo. Tu aurais marché pendant des heures, tu te serais encore plus éloigné, jusqu'à te rendre compte que tu étais complètement perdu. Et peu à peu, tu serais mort de froid, seul dans la nuit, comme Víkingur. En fait, Daníel…

Elle marqua une pause théâtrale, puis reprit :

– Cela aurait été le meurtre parfait.

Daníel

– Tu te fous de moi, ce n'est pas possible..., souffla-t-il.

Ces soi-disant amis lui avaient tendu un piège avec l'intention pure et simple de le tuer.

Petit à petit, il prenait conscience qu'il avait sans le savoir regardé la mort en face durant tout le week-end. Miraculeusement sorti d'affaire, il se sentait plus vivant que jamais. Mais ce n'était pas terminé ; il se tenait toujours dans la même petite pièce que la femme qui avait essayé de l'assassiner.

– Non, je ne me fous pas de toi. Tu dois bien comprendre qu'il fallait que ça arrive, Daníel.

Il avait été trahi. Mais malgré la colère, malgré l'angoisse, il ne pouvait s'empêcher de voir là-dedans une certaine justice. Il n'avait même pas envie de se venger d'elle, il voulait juste rentrer chez lui et ne plus jamais la voir. Au moins, il avait la sensation qu'ils étaient quittes. Hanté depuis des années par la culpabilité d'avoir abandonné son meilleur ami à une mort certaine, peut-être parviendrait-il à retrouver un peu le sommeil après les événements de ce week-end. D'une certaine manière, savoir que Helena avait découvert la vérité était un soulagement. Il n'avait pas besoin d'avouer quoi que ce soit, ce n'était plus important, puisqu'elle savait déjà. Elle avait été honnête avec lui, et peut-être qu'ils réussiraient à faire la paix dans le silence, avec le temps. Tôt ou tard, tous ces non-dits finiraient par être compris.

– Et maintenant ?

– Et ensuite, tu veux dire ? Ensuite…

Elle fit un geste de la main en direction de Gunnlaugur.

– Ensuite, il a fallu que ce crétin gâche tout. Je ne voulais pas qu'il vienne, c'est Ármann qui insistait pour qu'un témoin puisse confirmer que tu étais allé chercher de l'aide à cause de ce type menaçant dans le refuge. Après ça, personne ne devait retrouver le gars. Il était censé disparaître avant que quiconque nous vienne en aide. Toi, Daníel, tu serais mort, et nous aurions pu reprendre nos vies comme si de rien n'était. À l'évidence, ça n'a pas marché. Tu as survécu à cette nuit dehors, c'est incompréhensible, mais on ne pouvait rien y faire. Et Gunnlaugur… Gunnlaugur a tiré sur ce type. Ármann et moi avons donc dû prendre la situation en main.

– Pourquoi ? demanda Gunnlaugur.

– Pourquoi ? répéta Helena sur un ton outragé. Tu ne comprends donc rien ? La police aurait forcément identifié le corps. Au bout d'un moment, le lien avec Ármann aurait été établi, et… et ça aurait été une catastrophe. Il n'était pas censé mourir ! C'est toi qui devais mourir.

Elle regardait Daníel à présent, et il n'y avait aucune haine, aucune ferveur dans ses mots, comme si elle exposait un simple fait.

– Nous sommes dans la même situation, dit Daníel – tout ça n'était qu'une vaste partie d'échecs, et désormais, il pensait avoir la main. Nous allons rentrer et raconter cette histoire telle qu'elle s'est passée. Je ne m'inquiète pas pour moi, mais toi, tu risques d'avoir de sérieux ennuis.

– J'ai une autre proposition, Daníel.

Helena

– On fait la paix, suggéra-t-elle.

Des mots presque douloureux à prononcer, mais elle n'avait pas d'autre choix, dans sa position.

– Quoi ?

La surprise de Daníel semblait sincère.

– Ármann est le seul à pouvoir nous tirer de là, et je crois que c'est ce qu'il aurait voulu.

Du moins, il aurait voulu la sauver elle, mais elle s'abstint de le préciser.

Elle était désormais presque certaine d'avoir acquis la confiance de Daníel et Gunnlaugur. Elle s'était montrée honnête, même si elle ne leur avait pas apporté de preuve tangible de ce qu'elle leur avait raconté. C'était parole contre parole.

L'essentiel était qu'elle sorte indemne de ce week-end et qu'elle puisse prendre la tête des affaires d'Ármann. Elle était bien plus douée que lui, mais n'avait jamais eu la possibilité de faire ses preuves. Le succès qu'il avait connu dans le tourisme lui était plus ou moins tombé dans les mains sans qu'il ait jamais rien fait pour le mériter. Elle ne le jalousait pas à proprement parler, mais à présent que l'occasion se présentait, elle n'allait surtout pas la laisser passer.

– Comment Ármann pourrait-il nous tirer de là ? demanda Daníel, la fureur perçant dans sa voix. Non seulement il a essayé de me tuer, mais accessoirement... il est mort.

Daníel

Naturellement, il ne pouvait pas faire confiance à Helena, mais il avait la sensation que cette fois, elle voulait sincèrement les tirer de l'enfer dans lequel ils étaient tous les trois empêtrés.

Il balaya du regard la scène effroyable qui s'étalait sous ses yeux, éclairée par la lumière crue de l'aube. Helena comptait bien sûr se sauver elle-même en premier lieu, il n'en attendait pas moins d'elle.

– On les laisse ici, dit-elle avec un détachement qui lui glaça le sang.

Après toutes ces années, il avait l'impression de faire véritablement sa connaissance, de comprendre enfin qui elle était.

– Et ensuite ? répliqua-t-il.

– On raconte qu'ils se sont battus. Deux amis et collègues, de l'alcool, des armes à feu… et voilà comment ça s'est terminé.

Elle marqua une pause puis ajouta :

– Une tragédie.

Gunnlaugur demeura muet.

Daníel s'accorda un petit temps de réflexion avant de reprendre la parole. Cela pouvait fonctionner. À en croire Helena, Ármann et l'homme se connaissaient. Ils devraient donc prétendre être partis tous les cinq, s'être perdus et être tombés sur ce refuge en pleine tempête. Et après ?

– Il va évidemment falloir régler le problème des empreintes, dit froidement Helena, mais je ne pense pas que ce sera très compliqué. Nous dirons que nous nous sommes séparés en deux groupes pour aller chasser. Nous trois d'un côté, eux deux de l'autre. Nous devions nous retrouver ici, et ils ont eu de l'avance sur nous. Lorsque nous sommes arrivés, nous sommes tombés sur cette boucherie. Tous les deux s'étaient battus, ils avaient tiré avec leurs fusils, et Ármann avait visiblement fait une chute fatale.

– Tous les deux avaient tiré ? demanda Gunnlaugur.

– C'est ce que nous allons mettre en scène. On va tirer une balle dans le mur avec le fusil du type. Ensuite, on va échanger ton arme avec celle d'Ármann pour faire croire que c'est lui qui a tué l'autre. Une histoire horrible : nous ne savons pas ce qui s'est passé, du moins pas précisément, mais on les avait entendus se disputer vendredi soir, une question de salaire... Ce type insistait pour avoir sa part dans l'entreprise. Qu'en dites-vous ?

– Comment comptes-tu expliquer à la police que nous ne connaissions pas son prénom ? demanda Daníel. Si on raconte qu'on a passé le week-end avec lui.

Helena répondit sans une hésitation :

– On lui trouvera un surnom, on n'aura qu'à dire qu'Ármann l'appelait toujours comme ça. On se débrouillera.

Daníel était ébranlé face à l'attitude froide et distante de Helena. Son frère jumeau gisait par terre devant elle, et pourtant elle parvenait avec une aisance extraordinaire à façonner tous ces mensonges. Elle avait le mérite de réfléchir vite et bien. Elle avait compris bien avant lui qu'ils allaient devoir collaborer, car ils avaient tous commis des actes effroyables, ce week-end ou par le passé – voire les deux. Et rien ne rapprochait autant qu'un secret commun.

Helena

C'était elle le guide, à présent. Il y avait sans doute quelque chose de symbolique dans le fait qu'elle hérite cette mission de son frère.

Pour le moment, il faisait un temps tout à fait supportable, et elle n'avait pas la moindre difficulté à retrouver le chemin du chalet. Il était évident que ni Daníel ni Gunnlaugur n'y seraient parvenus seuls. Ils avançaient en silence sur la lande immaculée ; la marche était difficile, mais rien d'impossible, même dans leur état de fatigue.

Une sorte d'équilibre de la terreur régnait au sein du groupe, et c'était très bien comme ça. Tous leurs sombres secrets avaient été exposés au grand jour.

Elle s'efforçait toujours de ne pas trop penser à Ármann. Ce n'était pas le moment. Elle n'osait même pas imaginer ce que serait la vie sans lui. Ils formaient un duo si solide, ils se complétaient. C'était un homme d'action, qui faisait plus qu'il ne parlait, avec une audace frisant parfois la témérité, et qui ne s'entourait pas nécessairement des bonnes personnes. Mais au fond, c'était un homme bon, même s'il n'hésitait pas à faire usage de la force lorsqu'une situation l'exigeait. Et surtout, il avait toujours pris soin d'elle, sa sœur. En apparence, elle était plus calme, plus posée, plus intelligente ; en réalité, elle était impitoyable, bien plus que lui. Il lui demandait conseil lorsqu'il avait une décision à prendre, et elle demeurait persuadée de lui avoir toujours indiqué la bonne direction, l'encourageant à ne jamais baisser les bras, à ne jamais se dérober. Certes, il s'était parfois écarté du droit chemin, avait visé trop haut, s'était même mis en danger à Copenhague – elle n'avait alors pas hésité à lui porter secours.

Récemment, elle avait découvert presque par hasard que Daníel était avec Víkingur le jour de sa mort. Il ne lui avait pas fallu longtemps pour convaincre Ármann que le bon vieux proverbe « œil pour œil, dent pour dent » méritait ici d'être mis en application. L'idée venait d'elle, et son frère s'était chargé de son exécution.

Cela avait toujours fonctionné ainsi.

Mais voilà que malgré leur plan, ce week-end s'achevait sur un cauchemar devenu réalité : Ármann était mort, et Daníel vivait toujours.

Elle lui avait dit qu'il était temps d'enterrer la hache de guerre, qu'ils étaient allés trop loin, que désormais, leurs chemins se sépareraient et qu'ils feraient tout pour ne plus jamais se croiser.

Jetant un coup d'œil par-dessus son épaule, elle vit Daníel quelques pas derrière elle, la tête baissée.

Il pensait sincèrement l'avoir échappé belle.

Et elle le laisserait savourer cette illusion.

Pour le moment.

Remerciements

Pour leur relecture et leurs commentaires, un grand merci à Lýdur Thór Thorgeirsson, Hulda María Stefánsdóttir, Jónas Ragnarsson, Pétur Már Ólafsson, Bjarni Thorsteinsson et Páll Valsson.

La
Martinière
littérature s'engage à
imprimer ses livres en France
pour réduire la production de
$C0_2$; à imprimer sur du papier PEFC
qui garantit une gestion durable
des forêts ; à ne faire appel qu'à des
imprimeurs appliquant la charte Imprim'vert.
La certification Imprim'vert impose la collecte
et l'élimination des déchets en conformité
avec la réglementation, un suivi régulier
des consommations d'énergie et
interdit
l'utilisa-
tion de
produits
toxiques.

En 2023, La Martinière Noir poursuit son effort pour plus de vertu écologique.
Nous imprimerons nos livres avec des encres végétales.
Nous renonçons au pelliculage et au vernis sur nos couvertures.
Longtemps vus comme un enrichissement des couvertures qui offrent
un rendu mat ou brillant, ils sont en effet constitués d'une fine couche de plastique.
Notre but : des romans moins polluants qui se recycleraient entièrement.

En France, un livre a le même prix partout. C'est le « prix unique du livre » instauré par la loi de 1981 pour protéger le livre et la lecture.

L'éditeur fixe librement ce prix et l'imprime sur le livre. Tous les commerçants sont obligés de le respecter.

Que vous achetiez votre livre en librairie, dans une grande surface ou en ligne, vous le payez donc au même prix.

Avec une carte de fidélité, vous pouvez bénéficier d'une réduction allant jusqu'à 5 %, applicable uniquement en magasin. Si vous payez moins cher, c'est que le livre est d'occasion.

RÉALISATION : NORD COMPO À VILLENEUVE-D'ASCQ
ACHEVÉ D'IMPRIMER SUR ROTO-PAGE
PAR L'IMPRIMERIE FLOCH À MAYENNE
DÉPÔT LÉGAL : JANVIER 2023. N° 150266 (101602)
IMPRIMÉ EN FRANCE